关于爱
和它所代表的一切

余松 著

中国书籍出版社
China Book Press

图书在版编目（CIP）数据

关于爱和它所代表的一切 / 余松著. -- 北京：中国书籍出版社, 2024.6
ISBN 978-7-5068-9763-1

Ⅰ.①关… Ⅱ.①余… Ⅲ.①诗集—中国—当代 Ⅳ.①I227

中国国家版本馆CIP数据核字(2024)第104570号

关于爱和它所代表的一切

余松 著

图书策划	孟怡平
责任编辑	宋 然
责任印制	孙马飞 马 芝
封面设计	朱星海
出版发行	中国书籍出版社
地 址	北京市丰台区三路居路 97 号（邮编：100073）
电 话	（010）52257143（总编室） （010）52257140（发行部）
电子邮箱	eo@chinabp.com.cn
经 销	全国新华书店
印 刷	三河市富华印刷包装有限公司
开 本	880毫米×1230毫米 1/32
字 数	112千字
印 张	7.25
版 次	2024 年 6 月第 1 版
印 次	2024 年 6 月第 1 次印刷
书 号	ISBN 978-7-5068-9763-1
定 价	56.00 元

版权所有 翻印必究

目 录

短诗篇
1

长诗篇
41

诗剧篇
65

短诗篇

【1】

一只啄木鸟　把

所有的苹果　都啄了个遍

寻找一条　从伊甸园里

逃跑的虫子

【2】

子弹击穿她的身体

一小片炽热的碎片　嵌入灵魂

化作一枚良性的坚果

【3】

子夜

我被一个声音唤醒

又被一个声音哄睡

白色的噪音　响彻

在黑洞洞的耳道深处

还有叵测的亲吻　和

温柔的酷刑

赤身裸体

在　启明星辰坠落的通道

我将再次逃亡　至

语言无法抵达之地

【4】

"你愿意嫁给我吗？"
他半跪着，托着明码标价的信物
和　并不确定的未来

【5】

人生的喜剧源自
暗黑的森林
灯光　亮起
快乐的人笑着
藏起忧伤

【6】

　溽热的子夜
一个孩子奋力的哭声
　把所有人的梦连成一个　气泡
伴随一个公开的谎言
　在浮华的城市上空　越升越高

【7】

悼亡诗

黑色、扭捏，失去意义的词根

在口腔的黏液中　翻滚挣脱

藏在紫色的　阴影里的　喜悦

被空中的烟花　无声吞咽

扬起的巴掌　拍打我固执的理想

为那未死的父亲

【8】

时间的锋刃

划过黄昏的地平线

她在极光的牵引下　坠入

Vantablack 的深处

【9】
一个老人坐在时间的右边
用笨拙的方言
对寂寞的烟蒂
诉说爱情
　　生命，死亡
　　　　和成长

【10】
我希望自己能够
成为一种　记忆
在巨大的蚌壳中升起
在脊椎的通道里穿行
身体里的海水蒸发、结晶
析出的苦痛垒成山峰
此后再也无人登顶

【11】
狮子的咆哮
水妖的歌声　和
亚里士多德的叹息
响彻　在　万神的殿堂
昼夜不息

【12】
他望着妻子崭新的墓碑
用一生的冥思苦想
为自己的爱情命名

【13】
遮上明亮的眼睛
城市危险的盲道
寻找迟钝的脚掌　厚厚的鞋底
在时间的隧道里
诞生一个全新的信仰

【14】
窗台　一只安静的知了
栩栩如生
如一幅完美的工笔画
透明干净的双翅半拢着
细脚在空中漫步舞蹈
它聒噪丰满的生命
终于 2022 年 8 月成都的酷暑
它一直望着我
不知是不是　昨夜
叫得最响的那只

【15】
人们
厌倦了化肥刺鼻的气味　开始
疯狂寻找天然的食品
几只松鼠
坐在秋千上　悠闲地吃着
包装精致的松子

【16】
失控的多巴胺
多情的肿瘤
到付的理想
……
在时代的脂肪里
恣意　徜徉

【17】
爱情与背叛
总能找到各自的　情人
一只在人民东路迷失的　蚂蚁
久久凝望
深情的人工智能

【18】

从自己的世界溢出

透过哈勃望远镜　回望

一个微小个体辉煌的一生

平原上蚁穴出口的　一捏浮土

巍峨高耸

冰冷的外太空扩张着

永恒的寂静　如同

刺耳的胎噪

一根崇高的稻草

正穿越黑障的验证

【19】
故乡（二）
——致曾经就读的辉南县化肥厂子弟学校

沿着时间遗落的草灰

错过　记忆中那条通向

化肥厂子弟学校的　沙土路

被作物森林　和野草

挤压霸占　远处

仍在风化的厂房

如同古罗马角斗场般　庄严肃穆

半荒的家属区　闪出

几张陌生的面孔　打量

操场上喧闹的孩子

早已堆成理想的底肥

滋养上面　队列整齐的玉米

角上　那座荒弃的七层水塔顶部

有一棵树　长在空中

成为消费主义的敌人

【20】
她坐在教堂前的下沉广场边
鸽群里
一只乌鸦
也咕咕地叫着
翻译古老的寓言

【21】
故乡（一）
每次回到故乡
都是一次成长的倒叙
那里有保存完好的快乐
像封印在琥珀里的昆虫
虽然很美
却早已死去

【22】
黑洞　充满欲望的
甜蜜爱巢
引诱一切
不安的
贪婪的
游弋的
禁忌的
爱情　被无限拉长而不断裂
或者就是启示
颠覆光明与黑暗
或者有永恒
无法逃逸的审判

【23】
眼睛是自由的
只须给无纺布的嘴箍
加装个新款的普拉多镲头
就高兴地
拖着命运的磨盘
转呀转

【24】
港口在安静地等待
桅杆摇晃如同待掷的标枪
海鸟　从亚特兰蒂斯神殿掠过
和夜里惊恐莫名的孩子
都在等候
一场源自极地的热带风暴

【25】
欲望像一张
等待开通的信用卡
渴望长期借贷　和
高昂的利息

【26】
夜里，醒来
一辆夜归的汽车
惊醒全楼敏感
不知羞耻的廊灯
照亮全部的　虚无

【27】
系统崩溃了
队伍排得很长，很长
踩在一片翠绿的落叶之上
仿佛一种死亡
承接　另一种死亡

【28】
我把羞愧埋入
塘底沉默的淤泥
升起一个气泡，一声叹息
活着不是为了死
是解释

【29】

我已死去几次

我已死去多时

在婚礼的隔壁

一场雪花的葬礼

我已捐出自己的思想

裂成生活的残片

等待被烈焰焚烧，被虫豸降解

和一块标准的无纺布

被细嫩的春草

短暂地记起

【30】
枝头的青果
被腐败的语言催熟

【31】
我们
该如何刻下自己的墓碑
棱镜中的自己
不完整的切面
高尚与堕落的争战
那些渴望脱离枝头的禁果
那些被死亡拯救的灵魂

【32】

故乡（三）

月圆之夜

我与故乡决裂

成为她的又一个敌人

随同洋流中精致的浮木

栖在小岛，栖在舷边

栖在枝头，栖于臂弯

在篝火的心脏

烧穿石头，合成的骨骼

锤打悔恨、思念和黯然的倔强

那个失去名字

一直等待被认领的青年

曾在一处隐蔽的河床

搭建出记忆的长廊

一生都在其中流浪

最后　在一个月圆之夜

死于故乡

最后一缕的信风

【33】
我在深海里听到密语
象形的海藻
半熟的鱼
铺着白色熊皮的王座
圣人的叹息　和
怀抱石头，头戴迎春花冠的新娘
雨水脱离地面
飞向天空
在季风哄骗下
劫持全部的真相

【34】
我是一个假象的双生子
来自黑色的深处
在大鱼的脊背
在意识的边缘，打磨
谎言
和未遂的奸情

【35】
当你开始进入死亡
秋天就不会再令人感伤

【36】
她从语言的缝隙望向我
用芭蕉盛着晨露
灵魂里绞出的透明乳脂
滴入我身下的彩泥
父亲用薄膜覆盖长子
压上几块青石
等待春水渗入
发出新芽

【37】
我被困在一座声场里
弯曲的真相和纯净的谎言
装饰精确的幻想
鸽群在空中盘旋　粉碎
风窝里的灰烬
挣脱恒星的引力
抵达黑色的核心

【38】

夜里的雨，下在夜里

熄灭太阳

云层一直催压着树梢

风　摇动喜鹊的空巢

填满所有可疑的缝隙

架起方舟的舷板

升起永恒的篝火

烧穿黑洞

虚无

和我

【39】

少年时留下的伤口

化作记忆的老茧

在衰老松弛褶皱里隐隐作痛

我愿化作一只水鸟

在青春之树永栖

【40】

恐慌密布的云层

追捕街上行色匆匆

被标记的人群

霓虹灯,这夜的私生子

成为街区的主人

车轮的暗影

碾过历史的脊背

他们的眼睛在我身上打孔

窥探肋骨间跳跃的迷宫

【41】

成都纪事（一）

这是一个理想的城市

一个理想的租处

有院子、柚子树和假山

三只猫

两只惬意地活着

一只却跑掉了

也许它太向往自由

也许只是因为恐惧

【42】

站在机场的门口

又一次陌生的旅程

像蒲公英的种子

把命运交给季风

不知终将飘落何地

【43】
成都纪事（二）
天气很好
在落日的最后一瞥中
来到明月村
经过远家、樱园和夏家
竹林、草地、茶园
夜幕垂在夜灯的脚边
几颗明亮的星　照耀
墙上沉默的诗
窖中静止的酒
每家都有灯光
路上没有人

（2022 年 10 月 17 日行，19 日记）

【44】
2022年10月24日拍脚部X光片

一束微光

轻微的嗡鸣

中间的十字校准

缓缓移动，缓缓追寻

剥去伪装

剥去皮肤

剥去肌肉

剥去灵魂

留下干燥发白的骨骼

声音停止

光亮熄灭

我从床上下来

穿上肌肉

穿上皮肤

穿上灵魂

穿上伪装

【45】

天空，布满精致的花纹

时间已经到了

吐出珍贵的词语

封装在漂亮的灌满福尔马林的细颈瓶里

它们缓慢优雅地落入水底

张大眼睛　沉睡

沉睡，不再醒来

沉默，就是我们的语言

……

广场上排着长长的队伍

机器人维持着秩序

参观者沉默如临刑的死囚

怀揣一点磷火般的怯望

望着那些一动不动、斑斓的语词

"喂，你好！"

一个孩子用偷窃的词语喊道

声音被玻璃瓶壁反弹回来

跌落丛中

成为蚂蚁的猎物

【46】

我的胸腔里长着一棵树

五彩斑斓的叶子

常常窃窃私语

风从右边吹过

叶脉黯淡……

时有飘零

鸟儿不再栖居

变得越发沉默

它们仍旧活着

只是连风也不能唤醒它们的歌声

我把它砍断

打造一个全新（完整）的父亲

【47】
没有预报的沙尘暴来了
太阳被粉碎
金色的沙砾　抽打大地
戴上护目镜、帽子和口罩
保护潮湿的身体
旋涡像遥远叵测的星团
混淆真理和方向
透过混沌凝视黑暗跳动的蕊芯
我的血渗入地下矿脉
浇灌骨缝间沉睡的种子
等待

【48】
走吧！在暴风雪中
就像陀思妥耶夫斯基
挺过西伯利亚的寒冬

【49】
虽然我已然死去
仍旧以某种形式留在大地上
依然围绕着太阳旋转
偶尔会被人提及
你思，故我在

【50】
风,从西伯利亚刮来
卸下森林的妆容
搜刮大地的果实
冻裂词语和热带鱼
白田里的人们
堆起荆棘和肉身
升起烛火
唱着歌,跳着舞
水边的青年
高举双手　托起
一束空白的光
刺向降临的寒冬

【51】

致新年

落日　余晖

被浓厚的云层　劫持

最后一场光影的想象

擦过铺满枯叶的林边小路

失色的幕角已经垂下

抖落童年的记忆

用黑色水晶

打磨秘密的钥匙

和　璀璨的星空

在幽暗的锁孔里

弯曲时间

还剩六小时四十五分

黑夜将迎来黑夜

命名崭新的一年

【52】

青灰色的烟

被潮湿的木头放逐

一盏充电灯等不及燃烧

发出洁白的光

像黑夜的一个无声　警告

沉默的食材围住沉默的人

猩红的炭火

烤问丝网上几颗颤抖的心脏

孩子挥舞火钳点燃烟花

整个世界在水泥地面快速旋转　喷射

成年的人举起酒杯

暗自整理情欲和理想

有人开始读诗

文字分娩出的希望　被

发光的钢筋洞穿

高质量的混凝土腹内

保存永不腐败的标本

火　突然燃起

照耀兴奋、不知所措的人们

【53】
每天途经的小镇的入口的街边
沿墙搭着三个简易的棚子
前几天斜对面毫无创意的移植
红色的塑料幕布
搭配彩色耀眼的玻璃纸花圈
带着肉香的蒸汽渲染解构
现实与超现实主义
死亡藏在众目睽睽之下
没有音乐　也没有哭泣
就像一个小型的集市
一切都按部就班　井然有序
生产与死亡一样
区别只在于被误解的时间
红灯锁住车轮
孩子问道：又有人死了吗?
我淡淡地说：也有人活着

【54】
春天
我飞过洁白的谷场
米堆里稻花盛开
新娘摇动木绣球编织的花冠
惊起的群鸟　啄破晨曦
太阳盛大的光芒
打开雨夜的子宫
青涩的柿子
浸染沉默的书脊
溪水里漂浮着花瓣　和
昨夜被吟咏过的诗句
抚慰黛色的乡间小径
她弯腰拾起湿漉漉的桐花
一朵一朵放回树上
放在蜜蜂的巢边
阳光穿透记忆　和　透亮的露珠
映出神秘的应许

【55】

闪电种下紫色的树

雷声滚滚　打磨

天空和罪行

在时间的神圣入口

我是命运的幸存者

不想还未出生就进入死亡

成年的孩子

从子宫蜿蜒的秘道　游入

万塔黑的深处

爱是黑色的　真理也是

无数个我在虚无里盘旋　舞蹈

勾结在一起的语言围着我

试图捕获正确的耳朵

我的舌头打结　无法言说

我想写诗

却被诗歌拒绝

在春天和隐匿的真相里

被黑夜重新缝合

【56】
地铁里的流浪歌手
晚上九点多
在崇文门站
上来一个流浪歌手
只有一把蓝色的吉他
上面布满了指甲的划痕
他说他是流浪歌手
到这里为大家唱歌
他的声音有点嘶哑
还带着岁月的感伤
他从这边走到那边
脖子上的血管像青铜浇铸
他歌唱流浪
歌唱爱情
歌唱自由
他可能想起了姐姐
可能想起了远方的母亲

车厢里的人们

像一群蜡像

只有一两个活着

显出茫然的神情

一个小女孩低声和妈妈商量

跑过去在他斜挎的吉他袋里扔下一块钱

他仍旧在弹着

仍旧在唱

蜡像换了一批批

他的口袋里没有多上两块钱

他的歌声打动了我

令我久久不能释怀

到站了

我站起身

没有给他一分钱

（2007年7月1日星期日）

长诗篇

关于爱和它所代表的一切

我庆幸自己体面的死亡
一个称职的"父亲"
一个忠诚不渝的丈夫
一个诚实友善的朋友
一个成就斐然的作家
一个不可多得的好人
……
必将升入永恒的天堂
每个哀伤的面容都连接曾经的生命
照片中的形象仁慈安详
即使死神也夺不走这个人的荣光
死亡证明已经生效
遗体被清洗干净，送入保鲜的冷匣
外面已是酷暑难耐，这里倒是舒适清凉
只是等待的时间　无聊　漫长
怎么，你好像心有不甘？

死神趴在我的头边，调皮地向翻翘的睫毛吹气

叮叮当当

上面的冰晶奏起奇妙的乐章

"伟大的死神，我已无憾，准备好了新的旅行。"

它打了个清脆的响指

又好像有些犯难

不要着急，恒久的死亡不在乎这点时间

你的灵魂将悬停七天

等待升天或者坠落的审判

为了让你不留遗憾，我要带你游荡一番

你有七次选择，重返生命的七个瞬间

那里既有你贪恋不舍的一切

也隐藏着死亡的所有秘言

      转倒然突地天
    旋逆始开针时的大巨
       定不疑犹正我
：程一我送多再意介不并它，铃门的我响按已鬼魔
头镜个几多再意在用不，就写已早本剧的你！儿们哥
         望所从顺是于我

往日的经历在每个房间上演
突然坠入多维空间

最先回到无法挽回的青春
那里有莫名的骄傲和最多的遗憾
在闷热简陋的出租小屋
一个年轻人正奋笔疾书
湿漉漉的头发附在前额
遮挡不住对未来的野心勃勃
我用上天赐予的天赋
紧紧抓住命运的赌注
那些串通好的文字，发出金子般的光芒
这是我替人编造的历史
得到人生第一笔银子
当时的我还不懂什么操守
也不觉得如何羞耻
却不知魔鬼的账薄上早已暗中记载
那笔钱我用来付了首付
装修后成为饥渴的"婚房"
姑娘嬉戏忘返

年轻人当然渴望爱情
只是我被它过早中伤

那重遗憾来自童年
一生都被这个谜题牵绊
直到现在也没有消散
他们是永恒的敌人
时刻都准备与对方交战
而我夹在中间
却不是这场竞技的裁判
我猜测他们初婚的岁月必定也是电闪雷鸣
基因的编码代代相传
我要证实一切初始于爱
我要重返生命的起源
在一个没有预谋的雨夜
适合以爱为名的荒唐浪漫
我只看见一次荷尔蒙爆发的耦合
花言巧语只为占有她高傲的身体
被占有者以为会得到无限的欢愉
身体把情欲喂养得饥渴鼓胀

爱情还未盛开就已凋零化泥
所幸诞生了新的生命
她指望这能将所有人系起
又花言巧语把她骗到医院的产室
扔下她一个人落荒而去
她在冰凉的椅子上惶恐了一天
只听见肚子里的一声妈妈
她羞愧地站在情郎面前
这次他倒没什么怨言
只端起自酿的苦酒默默吞咽
很快举办了简单的仪式
新郎、新娘和一个秘密的孩子
婚礼上只有她满脸笑意
其余的人好似参加一场丧礼
原来一切都因我而起
难怪他们都那么恨忌

我也曾怨恨他们
为什么不能像别人一样　幸福安宁
他们只是自利地证明着自己的自私

哪管墙角儿子蜷缩的不安惊惧
有时他们也笑语酽酽
对我疼爱有加
那是他们在补偿自己
无法抚慰我层叠的焦虑
在她心中　我是她所有的依靠
在他眼里　却是她沉默的同谋
那张我藏起来的折纸
两个面孔上重叠着无数的　红 ×
我一直想问问他们：
既然不爱我，为什么以爱之名把我绑架
常常是夜深人静
我捧着怒气饱胀的乳房
想把里面的苦痛吸光
她身体里有一面战鼓
一头困兽在咆哮挣扎
她的眼神空洞无奈
流着泪吻我　久久自言自语：
因为对我的挚爱，她无法独自离开
她害怕一个人的生活

更怕遇到遗弃和加倍的败坏
于是把命运交给侥幸
我成了她用希望加固的囚笼
她开始抽烟，吐出些许的寂寞，吞进更多
在不幸的夹缝中自由地苟活
失眠帮她惩罚自己
常常把深夜弯折　她
咒骂丈夫　咒骂老天
咒骂自己唯一的孩子
她的青春过早枯萎
回忆也无法粉饰挽回
暴躁的丈夫和无知的幼子
她在双重夹击下　双重塌垮
我佩服她的顽强
也憎恨她的顽固
我在恒久的失望中颠沛流离
有次她暴怒后我问："你还爱我吗？"
她呆呆地望着我　仿佛不知如何回答
我在他们的残爱中暗自生长
带着强烈的憧憬和淡淡的忧伤

离家的日子终于来到
毫不掩饰的兴奋令他们迷惘
仿佛儿子留下个巨大空间
两个人竟不知如何周旋
在同学中我不怎么提及他们
落下个孤僻难以相处的标签
我的困惑终于找到答案
心里不知是安慰还是羞怨
他们各自都找到所爱
生活也越发和谐友善
尽管至死都在一个檐下
内在的破碎支撑起外表的完全

      终于来到爱情面前
    那令青春沉迷幻灭的爱啊
     无数个夜晚与自己纠缠
      美丽的犹疑令人迷惑
      既不应允也从未拒绝
      喷薄的情爱无处安放
     在多少个夜里肢解着我

望着魂牵梦绕的岁月
在我患得患失的某些时刻
她亦在爱河边辗转反侧
也许射出的箭镞太过迅疾
也许杯中的酒酿过于浓烈
她站在爱情的锋刃上
不知所措

婚礼进行曲终于奏响
对彼此的定义直至死亡
如果要诚实地面对自身
我对爱情略有失望
具体的缘由自己也很迷茫
完全的拥有偶尔会令人感伤
可供的回忆总是惝惝惶惶
我发誓　她就是我终生所爱
只是没有完全填满欲望
那一小块残缺折磨着我
让高尚的心灵无法完全闭合
我持守了整整五年

最后还是给了人可乘之机
每一次的欢愉都伴随羞悔
只会让我对她备加爱惜
两个自我在肉身流连
爱情和肉体似乎可以分别计算

再次面对青春的记忆
从爱的茧房再次逃离
你抱怨我从不说"我爱你"
殊不知这句话是如此神圣　无情
我不仅爱你　而是要与这个人成为一体
谁不曾受到魔鬼的试探
没有诱惑的爱情无法结晶
如果换作她对我不忠
我一定会痛苦不堪
但我终将选择原谅
因为我爱的是她　而不是背叛

我在台上倾情表演
超凡的演技迷倒众生

所有的观众起立喝彩
他们摘下各自的面具
全都是一张相同的容颜
原来她竟知晓这一幕演出
蒙在鼓里的丈夫恍然大悟
可能这也是她拒绝生育的初衷
摔烂的器皿在清晨悄悄收起
装作若无其事躲避痛楚
她没有用出轨报复不忠
想着在她面前不知悔改的表演
她才是隐藏的最杰出的演员
我有时痛恨她的隐忍自虐
庆幸之余怎么有些不平
我知晓爱情的游戏
不过是婚姻必需的献祭
它就潜伏在静谧的渊面之下
等待幸福滴落的血水
时间终将证明我的承担
爱的代价要用爱来偿还

迪蒙笑着向我伸出拇指：
我怀疑你是我的孪生兄弟
不然怎么会如此厚颜无耻
只是不知你会如何面对父母
会不会再次令我"高山仰止"

父亲是儿子永生的敌人
母爱却总能唤回迷失的人性
她弥留之际我正和情人鬼混
我不吝惜丰沛的情感
但她的死亡于我却
过于艰难
我不忍见她咽下最后一口气
失血的脸上灰霾布满
语言已经弃她而去
那一缕微光终被死亡劫持
爱与痛苦也将化作青烟
她的爱子是个懦夫
不敢直视母亲最后的双眼
我会控制不住地流泪

想象自己躺在她温暖的臂弯
还会忍不住咒诅父亲虚假的哀伤
她的离去会抽走你的灵魂
她的死亡你也很快就要经历
那时我会用无声的逼视
让他意识到自己人生无法修补的破残

能把无耻说得如此堂皇冠冕
奥斯卡欠你一座最佳表演
所有的灯光齐聚在身上
我已激动得语无伦次
感谢我慈爱的父母
感谢亲密的爱人
感谢服装道具
感谢制片人
感谢所有
……
没有你们
就没有表演
不会惟妙惟肖

激情也终会枯竭
更没有获奖的机会
最该感谢的当然就是
史上最伟大的导演迪蒙
他用尽真诚和无比的天才
让我毫无顾忌说出肺腑之言

有一处景象令我异常惊奇
一辆蒸汽火车　陷入寒冬的晨曦
厚实的雪面泛起蓝莹莹的火雨
等待埋葬走失的魂灵
火车喷发出声声鸣响
像在催促落荒的旅人
猛兽在身后咆哮嘶吼
催逼惊恐犹疑的脚踪
我的上半身在地面行走　下半身犹在狱中
热风倒灌进我的口鼻
眼泪先于忏悔抵达那里
原来是庄严的巡回法庭
迪蒙先生抱着沉重闪亮的法槌

软弱、狡黠、谎言和无耻……
在证人席上跃跃欲试
等着指证君子的恶行
每项罪行都化作一根绳子
蛇行过来将我紧紧捆绑

我的辩解更像是罪的自证
迪蒙先生忍不住开始发声
你也不必过于自责
人的欲望高贵无穷
正义、公平、奋斗……都是它得胜的化身
可是你并不相信命运
既无理想也没有信仰
无知地想成为世界的太阳
除了自己谁也不爱
即使鬼魂也比你高尚，它们尚且敬畏造物的大能
现在你将明白我设定的秩序
知道你命运的滥觞
真真假假交错纠缠
有得有失地经历了一遍

这就是你最终的命运

纵使身上挂满勋章

也无法解释你被自己愚弄的人生

终于到了最后的时刻

我就是那夜里呼啸、盘旋的骤风

一直潜伏在你的梦里

不动声色地成为你的帮凶

还没来得及施行诱惑

聪明的你就独辟蹊径

此时已经无法选择

你将在虚妄的浮沫里得到重生

我赶紧匍匐在地

　赞美迪蒙先生的大爱巨能

　　我已明白自己所犯的罪愆

　　　虔敬地等待您公正的审判

　　　　它心满意足地望着我的眼睛：

　　　　　你一生坎坷曲折的历程

　　　　　　都像在小行星带里逆行

　　　　　　　秩序的碎片不停将你击穿

伤口在星尘里愈合重生
　　　变得如鳞片般坚硬无情
　　　因为失去耻辱的神经
　　　虽然没有高贵的意志
　　　也没有卓越的才能
　　　却能适应任何环境
　　　不惧任何挑战竞争
　　　你的成功并不令我意外
　　　自己心里也得意自鸣
　　　只是有个终极的疑问
你知道自己到底是谁

我看到临终前的景象
许多人都前来探望
没有人提出质疑
脸上全是爱意和深浅不一的哀伤
有的遗憾没能再多陪伴些时日
有的祝福我进入天堂
尤其是我助养的两个孩子
携家带口守着我整整一周

温情地回忆爱的慷慨

他们和孩子眼里全是崇敬的目光

尽管人生又短又长

充满悲哀、失意也有希望

遗憾也是如影随形

有伟大的壮举也有罪孽滋生

我已倾尽所能

用不完美完满一生

现在我可以回答您的问题

我是

  一个现实的理想主义者

  一个理想的现实主义精灵

我有坚定的目标

要活得足够精彩刺激

高尚的情操是对自我的蒙蔽

盗猎者冒险只为获取巨利

我不在乎世人的评价

也不惧怕深重的堕落

即使面对切尔诺贝利的浮尘

也挺起胸膛承受时代的辐射

生存还是毁灭从来就不是问题
幻想与现实终究难以重合
我会化作沉默的雕像
让自由的灵魂从虚无里挣脱

我怎么这么喜欢你的虚伪
好像年轻的自己至死不退
那些欺骗造就的假象
欺骗的欺骗背后还有诈诡
伪作的笔迹已然消褪
耻辱柱上刻着最后的真相
但是错误早已铸成
命运的巨刃出鞘高悬
对这无法挽回的一切
你就没想过诚心忏悔
这回轮到我报以冷笑
我又不是十恶不赦的魔鬼
当然有心有肺有爱有悔
魔鬼以恶为名就心安理得
神鬼之间的我们却因恶受过

肤浅的游戏有什么意义
虚伪的背面有真诚的秘密
如果再让我选择一次
我将让爱成为主宰
心甘情愿做它的奴隶
只有如此才能填补无尽的空虚

死神冷笑不语　无可救药的人啊！
把无赖无耻竟能说得义正严辞
这已经是你第七次的重生
仍旧不知悔改，堕落不堪
我恍然大悟　羞愧难言
"这都是魔鬼骗人的把戏！"
它却道：可怜之人必有可恨的乖戾。
一声巨响破空袭来
灵魂像被冰封的鳕鱼
突然激灵打了个冷战
好了，游戏已经结束
死亡的钟声按时敲响
属于肉体的时刻至此而终

不管你愿不愿意

走吧，去到你的必去之地

暴雷、闪电刺透永夜

天幕像腾跃而起舞者的裙裾

起伏翻卷如巨浪奔涌

一道闪电击中头顶

我燃烧着

像一颗流星朝开裂的深渊坠去

……

又做噩梦了？

爱的味道清晰芳醇

是个好梦！

我抱住她冰冷的身体

恍惚迷离间应了一句

诗剧篇

迷 生

如同抵达之谜

序　曲

（黑暗中）

我：

我这是在哪儿？

怎么这么黑、这么冷，还这么狭窄？

我的手怎么动不了了？

身体也变得这么僵硬

到底发生了什么？

救命啊！救命！

快放我出去！

（稍作停顿，响起敲击的"当当"声，有节奏地连响了三次）

我：

是谁？

进来，进来！

快来救我！

（隔了几秒，又发出三次有节奏的"当当当"的敲击声）

我：

你到底是谁？

赶快开灯，救我出去！

我是一个诚信的人

发誓会大大地报偿

绝不让你白忙一场

一个声音：

真的吗？

你打算用什么来报答？

我：

真的真的，如果说谎将不得好死

善良的人啊！

只求你快点伸出高贵的援手

驱散黑暗

将我从这冷窟中拯救

那个声音：
　　别急！别急！
　　好不好死还真不好说
　　请先回答我三个问题

我：
　　快问！快问！
　　我一定知无不言，毫无保留

那个声音：
　　不过你要保证不能说谎
　　也不能避重就轻

我：
　　放心！放心！
　　我若有一句谎言
　　就坠入地狱和魔鬼做伴

那个声音：
　　好！一言为定
　　不过你可要想好
　　我的问题出口必答
　　再说我也不那么好糊弄
　　别到时候你追悔莫及

我：
　　你东拉西扯莫名其妙
　　到底有没有这个本事
　　能不能将我救出
　　还是和我一样不得动弹
　　只会在此大言不惭

那个声音（咳嗽了两声）：
　　看不出你还是个急茬儿！
　　现在再急也没有用
　　这激将法可不起什么作用
　　我可要问了
　　你可别找借口不答

我：

　　快点！快点！

　　（寂静的十秒钟）

那个声音：

　　喂！你还在吗？

我：

　　在在在在在在在！

　　你这个人怎么婆婆妈妈

　　到底问是不问？

　　善良的人可不会拿倒霉的寻开心

那个声音：

　　这个世界我最善良公正

　　质疑者就等于否定自我

　　这点小事不过举手之劳

　　我会满足你内心隐秘的愿望

　　即使它们看起来并不那么光彩

　　得到的人却都是甘之若饴

好了,现在我要问你第一个问题:
如果现在就是你人生的终点
你怎么评价自己呢?

我:

这可叫我如何回答
我是个诚实自信的人
从来不会过分自夸
如果非要给自己一个命名
我是一个善良的好人
有理想有良知有底线还有幸福
虽然做不到无私奉献
但也属于乐于助人

那个声音:

有理想有良知有底线还有幸福
这可是新时代的"四有新人"
听起来自信满满问心无愧
那么,你害怕死亡吗?

我：

    我连活着都不怕

    怎么会害怕死亡

那个声音：

    你觉得自己死后

    会下地狱还是上天堂

我：

    谁会傻到想进地狱

    哪个不希望升入天堂

    如果要我诚实面对

    天堂应该有我的一个席位

那个声音：

    你的回答还算令人满意

    自信满满略显猖狂

    既然如此咱们就不妨试试

    看看你凭借自己的本事到底能去哪里

我:

　　你扯这些无聊的话题有什么意义

　　我的身体已经冻僵

　　赶紧把我救出这该死的黑狱

　　其他的咱们慢慢再从长计议

那个声音:

　　我还要再问最后一个问题

我:

　　这已经是第四个问题

　　不过我仍旧可以耐心回答

那个声音:

　　你为什么最后没有说出想见的那个名字

我:

　　谁？你说的是哪个名字？

那个声音：
　　你这是在故意装傻还是被冻坏了脑子
　　就是那个，那个，那个
　　那个叫什么来着？
　　你瞧我这脑袋好像也进了冰碴儿
　　对了，就是你叫人家那个小叶子

我：
　　你到底是谁？
　　怎么会知道我内心最深处的秘密
　　那是只有我们才知道的称呼
　　难道是她让你来对我进行报复？

那个声音：
　　我既是造梦者又是魔术师
　　通古今知未来看穿人的灵魂
　　你所有的一切都在我的掌控
　　岂能容你轻易逃遁
　　好了，不和你开玩笑了
　　那就让咱们正式见个面吧

（黑暗中，发出嘶嘶摩擦的声音）

要有光！

（响起一声清脆的"啪"的响声，黑暗仍旧）

我：

你这个无耻的骗子

哪里有光？

我怎么还是像在黑洞之中

什么也不曾看见

那个声音：

别急！别急！

性急的人总有最多的追悔和遗憾

（啪的一声，舞台亮起来，一个穿着黑色长袍的人手按在一个黑色的大开关上，然后走到一个拉出的抽屉前）

你的心虽然已经习惯黑暗

但是眼睛还需要继续锻炼

（我躺在抽屉里，露出上半身，快速眨着眼睛适应光线）

我：

　　我这是在哪儿？

　　怎么躺在这个抽屉里？

　　你是谁？

　　为什么绑架我？

　　把我关在这么狭小的空间

　　你到底想从我这里得到什么？

　　我只是一个普通的穷光蛋

　　既无证券，也无房产，更没有金钱

黑衣人：

　　你说的这些我真都不缺

　　你视若珍宝的，我却弃如敝屣

　　我有你无法想象的能力

　　让你看见你就看见

　　让你眼盲你就眼盲

我：

　　来人啊！救命啊！

　　快赶走这个疯子！

黑衣人（假做着急状，手忙脚乱）：

嘘嘘嘘嘘！别喊别喊

你已不在人世

我们是在另一维空间

我：

我不信你搬弄是非的谎言

我只是个普普通通的底层

什么条件我都会应允

求求你放我回到家人身边

黑衣人：

你这个人怎么这么固执

现在我证明给你看看是不是谎言

（他拿出一个小锤子想敲下去，"哦，错了"，又拿出一个鼓槌，在我额头上敲着，发出金属的叮当声，他跟着敲击声唱着）

叮叮当，叮叮当，铃儿响叮当！

来，咱们一起唱！

（双手做着指挥的手势）

叮叮当，叮叮当，铃儿响叮当！

我：

　　你的魔术我已经领教
　　求求你别再捉弄一个不幸的老人
　　救人一命胜过七八级浮屠
　　请高抬贵手放我一条生路

黑衣人：

　　你们不是曾经说过
　　"有的人活着他已经死了"
　　"有的人死了他还活着"
　　什么是生路
　　什么是死途
　　请你这位智者给我解释清楚

我：

　　好了好了，陌生的人请不要再存心捉弄
　　善良的人怎么会拿别人的痛苦作戏
　　这些伎俩卑劣无聊

上天必会惩罚你这个骗子

黑衣人：
  自以为聪明的往往蠢笨无比
  试试你自己是否还有呼吸

（我做出呼吸状，继而惊骇不已！）
我：
  我能感受到奇怪的气味儿
  天啊！我我，我怎么没了呼吸
  这到底是怎么回事
  是被麻醉了还是在梦里？
  求告哪位经过的神祇
  快快将我的生命唤起

黑衣人：
  晚喽！晚喽！
  现在是属于死神的时刻
  千万别想挣脱沉没
  最终的命运掌控在我的指间

即使是太阳也夺不走你注定的黑色

我：

难道你是？

黑衣人：

对，承蒙挂念

我就是你们谁也不想见到的——死神

这是我的独家证据

（从身后抽出一把短柄镰刀）

我：

我认得这是把镰刀

难道地狱也收割麦子？

（死神有点窘状，手忙脚乱地赶紧将刀柄一节一节拉长，解开袍子露出里面的红色T恤，上面是一个有点儿萌的白色骷髅头，"怎么样？还有这儿"，撸起两个袖子，握紧拳头拳心向内让我看两个小臂外侧各纹着的两个汉字"我是""死神"）

死神：

  怎么样，看了这些你可信服？

  （我做出叹气状）

死神：

  你们为什么要发明这个东西
  短暂的冷冻留不下复活的可能
  还起了个可笑的名字
  太平间里哪有什么太平
  不过你也不用再忍受折磨
  我要将你提上另一重空间
  还要陪你好好游历一番

我：

  既然如此就别再折磨
  伟大的死神
  我已准备好新的旅程
  快快让我脱离苦海　将我终结

死神：

  恒久的死亡不在乎这点时间
  在那里你的灵魂将悬停七日
  等待高升或坠落的审判
  为了让你最后不留遗憾
  我将带你进入多维空间
  那里既有你贪恋不舍的一切
  也有生生死死所有的秘言
  你可选择生命的七个时刻
  重温往昔的满足或遗憾

（黑暗中我被蓝色的光照亮，被竖着悬在半空，死神在下面挥动双臂做出有力的手势，我突然向下急坠，发出"啊啊"的惊呼，过了几秒钟，喊声停止，亮光熄灭，重新进入黑暗）

【壹】

【壹.壹】

（两个年轻的姑娘在公园门口边笑边说着）
红衫姑娘：
　　一会儿你可不能走
　　我一个人心里发慌
　　他要是提出那种想法
　　我真不知道该是拒绝还是答应

白裙姑娘：
　　你就是太容易轻信别人
　　几句甜言蜜语就信以为真
　　爱情可不是三言两语
　　你不充分考验他最后受伤的还是自己

红衫姑娘：
　　如果他说爱我
　　我也当然爱他

既然彼此相爱为什么还要拖延
　　万一爱情经不起考验
　　岂不是鸡飞蛋打追悔莫及

白裙姑娘：
　　傻姑娘
　　经不起考验的爱情就不是爱情
　　只是化了妆的一时冲动
　　你就是太渴望爱情了
　　千万千万别被蒙住了眼睛
　　搞不好就要遗恨终生

红衫姑娘：
　　好吧，好吧，我都知道了
　　有你在身边就不烦恼

白裙姑娘：
　　来了！来了！
　　不要什么都答应人家
　　男人都是这个德行

你越矜持他越喜欢

我：
　　这位年轻的姑娘是谁
　　如此熟悉如此亲切
　　难道她竟是我的妈妈
　　我有些不忍心再看下去

年轻的姑娘：
　　我们才刚刚约会三次
　　我不能，也不敢和你单独过夜
　　要么我叫上娟娟
　　这样我心里就不那么慌张

年轻小伙：
　　你可真是有点天真
　　简直还有点儿荒唐
　　两个人的恋爱怎么能与第三人分享

年轻的姑娘：

　　我和娟娟没有秘密

　　她想我，爱我，为我担心

　　我们的事不应该对她隐瞒

　　她一定会真诚地祝福我们

年轻小伙：

　　难道我是色狼还是魔鬼

　　让她如此恐惧这么害怕

　　原来我在你眼中就是这种形象

　　不是不怀好意就是不负责任

　　既然如此那还是不要交往了

　　免得伤害了你们姐妹的厚谊深情

年轻的姑娘：

　　你不要责怪她也不要生气

　　我和你说的不是这个意思

　　她也为了我好

　　觉得我容易上当缺乏经验

年轻小伙：

    看来你还是相信她多过于我

    既怕她笑话你

    也怕我欺骗你的感情

    你有这样的朋友真是高兴

    处处为你着想

    什么都不用自己考虑

年轻的姑娘：

    你不要这样怪她

    她只是为了我好而已

    不可能像妈妈一样无微不至

    我也有自己的思想

    知道什么是敷衍，什么是真爱

年轻小伙：

    对啊！友情可以分享但爱情不行

    你有属于自己的爱情

    在你的爱情里你就是自己的主宰

    跟着心灵指引的感觉

爱情终究会撞上爱情

红衫姑娘：
　　哈哈！哪有那么浪漫的好事儿都让我们碰见
　　撞破头颅还差不多

年轻小伙：
　　没有永远往一个方向吹的风
　　哪有一帆风顺的爱情
　　只要是彼此真心相爱
　　就算撞破头也在所不惜

红衫姑娘：
　　我……我其实也是一样的想法
　　别人又不了解我们
　　越是阻拦就越要证明给他们看

年轻的小伙：
　　你真是个可爱的好姑娘
　　这么漂亮还这么有思想

这就是上天的旨意
　　岂能让他人轻易夺去
　　今晚我家只有我自己
　　走吧，跟我回去
　　可以整夜畅谈互相倾诉

红衫姑娘：
　　我可不敢夜不归宿
　　那样人家会怎么谈论
　　况且爸爸妈妈也不会同意
　　我要回去了，等着有空我们再约

年轻小伙：
　　管他别人怎么看待
　　也改变不了我们彼此相爱
　　机会难得千万珍惜
　　不要辜负这良辰美景
　　我们早晚都要在一起
　　你情我愿爱的见证
　　你若担心我对天发誓

若是负你必遭天谴

红衫姑娘：
　　我还是没有考虑清楚
　　咱们这么急着在一起会不会是个美丽的错误
　　也许我们之间并不是爱情
　　过段日子就忘记彼此

年轻小伙：
　　难道你不想和我在一起吗？

红衫姑娘：
　　我不知道

年轻小伙：
　　难道你不爱我吗？

红衫姑娘：
　　爱是爱，只是不知道是我的幻觉还是真正的爱情年轻小伙：

　　难道你爱上别人了吗？

红衫姑娘：

　　没有

年轻小伙：

　　如果你那么不确定
　　如果你都不知道爱不爱
　　那我还是别耽误你寻找"真正的爱情"
　　再见！

红衫姑娘：

　　别走！
　　我只是不太确定你是不是真的爱我

年轻小伙：

　　我不擅于自我表白
　　对你的爱把我变成一块牛排
　　情愿躺在你炙热的火焰之上

只为了能与你融为一体

红衫姑娘：
　　那我就去你家吧
　　但是你不准强迫我做不喜欢的事

年轻小伙：
　　我那么爱你怎么会强迫你
　　爱情自然会行使它自己的意愿
　　水到渠成顺其自然
　　你也不能强迫我哦

红衫姑娘：
　　呸！你倒是想得美！
　　（两个人拥抱在一起，定格。死神和我出现）

死神：
　　令尊果然是有爱之人
　　花言巧语成就好事

我：

　　他们原本也是相爱
　　只是生活将他们扭变

死神：

　　可惜他们并非真爱
　　短暂的欢愉，无尽的哀伤
　　人类啊！
　　就是如此轻浮如此无情

我：

　　父母原来如此草率
　　彼此错付终生遗憾
　　爸爸，妈妈啊！
　　你们如果有一人能潇洒离去
　　怎会有日后这么多人的捆绑

【壹. 贰】

（第一个吵架的场景：从窗外看，丈夫和妻子分别在客厅和厨房各自忙着，孩子咬着奶嘴儿，坐在沙发上玩着。妻子到客厅和丈夫说话，说着说着就大吵起来。从窗外看他们在无声、激烈地争吵，丈夫摔门而出，吼道："我真是瞎了眼和你在一起！"妻子在厨房俯在台子上痛哭，孩子蜷缩在沙发角上，瞪着惊慌失措的眼睛）

妈妈：

吃吧吃吧！亲爱的宝贝
把妈妈的痛苦全都吸光
你是我生活唯一的寄托

亲爱的宝贝
千万别怪我生气发火
那么多的痛苦妈妈自己也承受不了

总不能向陌生的面孔肆意发泄
反正你现在什么也不懂
就当是妈妈在和你玩着语言的游戏
我演一个可恶的巫婆
你是英俊无辜的王子
这个世界并不那么美好
你早早经历早早体验
现在王子要承受恶毒的诅咒
日后一定成就你生命的辉煌
你会变成一只折翅的小鸟
所有的利爪都想把你抓住
不要指望有谁呵护
你的爸爸是个懦夫
生下你就从来没管过你的啼哭
酒精是他唯一的伙伴
清醒是他一生的敌人
我知道他并不爱我
不知道他到底爱不爱你

这是咱们两人的表演

有你妈妈才不会抑郁孤独

我从来没有想过爱就是痛苦

宝贝！你知道吗

妈妈来自一个单亲的家庭

你的姥爷是个极其自私的人

在我五岁的时候撇下亲人

自此便无影无踪杳无信息

那时我还不知道什么是离婚

总以为爸爸去了很远的地方为我们打拼

每当过节我就问妈妈

爸爸怎么还不回来

他是不是已经忘了我们

妈妈不耐烦地说他走得太远

又不认路又没有钱

也许这一辈子都难以带来什么惊喜

我还问为什么不给我寄来玩具也不写信

妈妈说他可能只顾自己忘了我们

眼神里却掩饰不住绝望怨恨

后来我就不再问了

有时候梦里会见到一个人
长得高高大大和蔼可亲
陪着我玩，逗我开心
可是总是看不清他的面孔
醒来就无比失落，无比伤心
我是一个不配有爸爸的人
连梦都欺负我
我发誓自己一定要有个温暖的家
我爱的人爱我
会陪伴永久
没想到短暂的激情像风中的烛火
还没遇到考验就烟消灯灭
我怪自己太过天真
太急切想抓住爱情的红线
没成想只是虚幻的影子
被仓促的选择再次捉弄
自己的浓情未必就是别人的爱意
痴情只换来无尽的冷漠
也许这就是冥冥中的天意
父母的不幸我要重新再次来过

我也曾有过美好的时光
只是过于短暂如烟花消散
多希望自己就是童话里的公主
终于找到梦中多情的王子
但命运却像可恶的巫婆
偏偏朝我伸出恶毒的魔杖
让我空欢喜一场
漫长的不幸在一路等我
我情愿自己为爱而活
也愿意自己为爱而死
一次次的渴望都化作冰水
浇灭了一颗单纯火热的爱心
他要是不爱我为什么曾甜言蜜语
难道只是为了得到我毫无防备的身体
之后他也没有离我而去
没有,真的没有
只是我感到,他的心已经不在我这里
也不在你那里
谁知道他想要的是什么
到底去往哪里

（第二个吵架的场景：从窗外的视角看，屋子里两个人在无声、激烈地互相争吵、指责，七八岁的孩子无动于衷，只是皱着眉头，看着电视里无声的画面）

（父亲在逗笼子里的八哥。儿子拿着一本漫画书过来）

爸爸：
你好！你好！你好！

儿子：
你好！

爸爸：
吓我一跳！

儿子：
爸爸，它会说话了吗？

爸爸：
还没训练好呢

等训练好了

说不定比你说得还利索呢

儿子：

我不信，它又不是人

怎么会比我说得还好

爸爸：

乖鸟，看我的口形，"你好！"

宝贝，赶紧学会说话

我好送给爱鸟的高处长

儿子：

爸爸，你能陪我读一会儿书吗？

爸爸：

没看见我在训鸟呢吗

现在没空，自己去读吧

（儿子悻悻地走到旁边，一边看书，一边看爸爸训鸟）

爸爸：
　　明天再给你买点好吃的
　　你歌儿唱得再动听些
　　把那些自以为是的傻鸟比下去
　　看看咱们才是最棒的歌唱家
　　来！再唱两句
　　乖！真是个好鸟

（爸爸出去了，儿子走到鸟笼旁）
儿子：
　　你好！你好！
　　看来你就是不会说话
　　你的爸爸妈妈在哪里？
　　为什么它们也要把你丢弃？
　　还是你自己偷着跑出来玩儿忘了回家
　　你原来住在哪儿？
　　你想你的爸爸妈妈吗？
　　它们现在是不是又有了孩子
　　已经完全把你忘记？
　　这么久都没见到爸爸妈妈

你难不难过,伤不伤心?

你要是会说话该有多好
我们就可以告诉对方自己的秘密

我先告诉你一个秘密
你问我在画什么吗?
这是我的爸爸,这是妈妈
为什么他们脸上那么多红线?
那是我对他们爱的表达
其实也不全是对他们的爱
也有很多的不爱在里面
你是说我恨他们吗?
我也不知道,我不骗你
因为,我不知道他们为什么总是争吵
好像不早点把这个家拆散了就没完没了
如果他们不爱为什么还在一起?
你应该看到的比我还多
告诉我他们怎么才能合好
(鸟儿发出叽叽的叫声)

你只是会叽叽喳喳地叫

还不是叫爸爸和妈妈

为什么爸爸却那么喜欢?

和我都没有多少耐心说话

什么?你说他只喜欢乖孩子

我既听话又不淘气

邻居们都夸我懂事

可他还是不愿和我玩

也没有对你那么好

真是奇怪!

你只是一只小鸟

不是他生的,也不会给他养老

什么?你会逗他开心

我也会啊!还会得更多

你会翻跟头吗?

会猜谜语吗?

会玩老鹰捉小鸡吗?

这些我都会

可是……

可能等我长大了他就愿意和我玩了

小鸟,小鸟

你整天圈在笼子里

是不是已经忘了怎么飞了?

现在没有人,你告诉我

想不想出来飞一会儿

哦!很想啊!

好啊!那你就出来吧

让我看看你到底会不会飞

(把笼门打开,小鸟却不出来)

快出来啊!

和我玩啊!

整天在笼子里有什么意思

外面的世界可真精彩

(小鸟飞出来,在屋子里飞着)

怎么样?自由自在地飞翔多有意思

以后每天我都偷着放你出来

咱们玩一会儿你再回去

唉!唉!你怎么又飞回去了

难道你就喜欢被圈在笼子里

快出来,快出来

再不出来我就生气了
一二三，出来，快出来
你可真是一只笨鸟
奇怪爸爸怎么那么喜欢你
你是不是也害怕外面的世界
不然怎么那么喜欢待在笼里
我要是被关起来还不如死了
快出来！出来！
去找你的伙伴儿
它们一定也很想你
出来，出来！
飞得越远越好

（爸爸推门进来，发现鸟笼掉在地上摔坏了，鸟也不见了）
爸爸：
  我的鸟呢？我的鸟呢？
  你们谁看见我的鸟了？
  （在屋子里四处找着）

这么结实的笼子怎么会摔坏
你说,到底是不是你故意把它放走的?
我花费了多少心血训练
关系到我能不能顺利升迁
到头来剩下个空空的笼子
它又不会捉虫
很快就会饿死
你们安的到底是什么心?
是不是让我高兴的每件事你们都要破坏?

我:
怎么会是我呢?
我是和妈妈一起回来的
一进屋就看见笼子坏了
鸟也不见了

爸爸:
你们两个就看我的鸟不顺眼
一定是趁我不在家把它扔了
它碍着你们什么事了?

我越是不幸你们越是高兴

妈妈：
　　你这个人总是这样
　　自己做不好还把责任推给别人
　　我和儿子一起回来
　　怎么可能对一只鸟干那种事情？

爸爸：
　　你们天生就是我的对头
　　总想找机会报复我
　　我高兴的事你们就看不顺眼
　　这样的日子真是没劲又窝火

妈妈：
　　一只鸟就算丢了又能怎样？
　　值得你大呼小叫责怪我们？
　　如果我们娘俩哪天丢了一个
　　你会不会也像这样心急火燎？
　　我看你根本不会

巴不得我们都在你眼前消失

你好和你的傻鸟永远在一起

哪个人会对一个畜生比人更亲

全部的心思都在一只鸟的身上

对自己的亲生儿子不闻不问

一个人没有责任心为什么还要结婚？

连累我们两人不得开心

爸爸：

你们不高兴不开心

难道我就高兴吗？

（爸爸回到自己屋子，使劲儿关上门）

丈夫：

真后悔就这么轻易顺从

这婚姻无爱无趣又多无奈

人生的道路还很漫长

刚刚开始就陷入荒唐

这场战争要持续多久

谁会伸手将我拯救

莫非就此一败涂地
我恨自己怎么如此软弱
只消硬起心肠开口拒绝
从此就能脱离无边苦海
她也一定会找到真爱
何必强扭在一起同吃这黄连？
可叹现在又有了孩子
套索之外又加层捆绑
真不知这生活该怎么度过？
灰蒙蒙的日子看不到光亮
唯有借酒浇愁，借酒浇愁，借酒——浇愁！

妻子：
生活怎么会如此难堪？
难道这就是爱的惩罚？
我到底做错了什么？
爱一个人就要承受这种折磨
每天都难以入睡
噩梦连绵不断在夜里撕扯着我
白天醒来是醒着的噩梦

无望、无助,看不到未来
我想要的多么稀少
那么一点点的关心
一点点的爱
生活,生活,生活啊!
你还要折磨我这个不幸的人多久
究竟要多惨你才会放过
爱人是悲惨命运的帮凶
早早抽走温情,理解和敷衍的爱
我多想活得洒脱
活得自私自在
可是命运却从未放过我
只捡最软弱的欺负
我该责怪丈夫吗?
现在我甚至不愿意称他为"爱人"
如果他能狠心分开,即使痛苦也将是短暂而甜蜜的
我该责怪孩子吗?
如果没有他我可能不会被如此捆绑
我该责怪自己吗?
貌似坚强无所畏惧

实则胆怯、自虐,委曲求全
我该责怪命运吗?
将我置入这样苦悲的境地
还套上无数无法挣脱的重负和枷锁
时间像一把无情的利刃
每天都将伤痕累累的身体刺穿
我也无力将它们修补
再多的温暖也无法储藏
我该责怪谁呢?
也许这就是我不得不承受的命运
直至最后将我压扁,再折断
像一堆冷灰被西风吹散
宝贝,你是我的宝贝吗?
你是我的宝贝
我现在只有你
看来只有咱们两个相依为命
才能扛住这无聊的生活

(第三个吵架的场景:夫妻吵完,十来岁的儿子坐在沙发角无动于衷地看着书,丈夫摔门而出,妻子坐在那儿啜泣着，然后吼起来："什么事都找借口怪到我头上，不想过就赶紧滚开。"拿起桌子上的杯子，纸巾摔到地上，转身找别的东西摔，儿子把手里的书递过去，妈妈犹豫了一下，拿过来，使劲儿拍到桌子上，趴在桌子上哭着）

我：
　　往日的景象历历在目
　　那时的我不明白他们为什么总是争吵
　　只觉得可能别人家也是一样
　　生活很快就教会了我
　　同学家的温暖变成尖刻的嘲讽
　　夜里我渴望温暖，渴望欢笑，渴望一家人相爱无间
　　现实中的壁垒却被冷酷、沉默、诅咒越砌越高
　　从此我就下定决心
　　自己的未来一定要摆脱他们的影子
　　就像阳光穿透黑夜
　　照亮人生最黑暗的角落
　　也许自己的努力会唤回他们的旧爱
　　哪怕只有一年也情愿心甘

死神:
　　你的母亲就要离开
　　对于你最后的告别我还真有些感慨
　　虽然至死你都无法理解她的选择
　　你们终究是母子一场
　　她把最多、最美的爱都倾注给她的独子
　　看看吧
　　除了你,她对这个世界再无留恋

(妈妈躺在病床上奄奄一息,我坐在床前握着她的手)
妈妈:
　　儿子,是你吗?

我:
　　妈妈,是我

妈妈:
　　我怎么看不见你

真的是你吗？
我这是在哪儿？

我：
在医院，医生说您很快就会好起来

妈妈：
我可能是不行了
为什么心里却不悲伤
反而有些庆幸

我：
您不用担心
一切都会好起来的

妈妈：
我知道自己的生命已到尽头
担忧，烦恼再也不会找到我了
你能陪在妈妈的身边我很高兴
一生的遗憾现在已经不再数算

就让我这样离开吧
希望我去的世界再没有人生的愁烦

我:
您放心歇息吧
我会时常去看望您的
绝不会让您一个人那么孤单

妈妈:
儿子啊!

我:
妈妈!
（妈妈逝去，我把妈妈的手抵在额头陷入悲伤。过了一会儿，我出去对在走廊里的爸爸无声地说了句话，爸爸进入病房，站在床前）

爸爸:
你先走了
我还要再熬几年

虽然我们一生都谈不上幸福
争也好，吵也好，打也好，闹也罢
毕竟成为彼此唯一的陪伴
我们早晚都要去到自己该去的地方
独自一人完成自己的行程
我知道你觉得一生都不如意
谁不是为了孩子在委屈自己
你先走了
我祝你在那边过上你想要的生活
可是，我想要的是什么呢？
我想要的是什么？

我：

我曾幻想他们有美好的故事
纯洁的爱情，冲破重重阻拦的结合和至死不渝的陪伴
现在看来笼罩在他们头顶的只是无边的幽暗
将他们的生命扭在一起再打碎，再牢牢接焊
错置的婚姻，幸与不幸的孩子
和夜里孤独的自我

三个人看似和和睦睦却心照不宣
这就是一家人的真实命运
真希望他们的生命从后向前
虽然年轻时痛苦却终得圆满

【贰】

【贰.壹】

死神:
　走吧！我带你再去看一个人

我:
　是谁？
　我可不想浪费宝贵的时间
　去看一个不相干的人

死神:
　命运的安排无法抗拒
　到了你就明白此行不虚

（深夜，明月当空，从开着的窗户照着一个正在灯下伏案疾书的年轻人，时而抬头凝思几秒钟，然后又继续不停地写着。死神和我在窗外看着）

我（嘀咕着）：

　　看这场景如此熟悉

　　却不是我认识的人

死神：

　　此情此景作何感想？

　　看看，多么勤奋努力的年轻人

　　为了自己梦中的理想

　　这么晚了还在奋笔疾书

　　呦！他写的是什么内容？

　　这么急切又不怎么从容

　　（死神和我走到年轻人身边，看着书写的内容）

　　哦！是一个商人的自传

　　不错，不错，如此励志又如此传奇

　　一定会有很多人喜欢这种调调

　　尤其是那些梦想一夜暴富的人

　　（我捡起地上的几张画着大×的废弃的稿子，疑惑地看着）

　　咦？这个大信封里装的什么？

　　（死神拿起来，抽出两张纸看着）

原来是个约稿的合同

可是，这个人的生平可也太过普通

根本就没有什么值得记录炫耀的内容

"如果能将生平写得绚丽多彩，富有传奇

将在书稿完成后再付五万

如果能找到出版社愿意出版

那么会再付五万作为奖励"

（呦！这个条件可真够诱人的，十五万可以轻松付个首付）

来来来，让我们看看这个年轻人如何解决这个难题

是坚持底线毅然放弃

还是搞点什么花招把腐朽化为神奇

我：

我们走吧，这里没什么好看的

死神：

嘘！

年轻人:
> 唉！这么普通的人生也想登堂入室
> 好像一粒尘埃幻想发出太阳的光芒
> 如果替他们造出虚构的经历
> 渺小的历史就这样被放大抬升
> 后代会误以为真引以为傲
> 却不知全是蝇营狗苟虚假的尊荣
> 可是……
> 看看自己现在的处境
> 徒有四壁的这个蜗居都不能以"家"命名
> 口袋里的几张钞票总是战栗不安
> 生怕一不小心囊空如洗
> 每餐都舍不得吃得好些
> 还要美其名曰减肥、绿色
> （抬起右臂，弯起小臂，细瘦无肉）
> 我有什么资格鄙视他们荒唐的想法
> 人家已是锦衣美食
> 自己还不是为了一日三餐奔波不止
> 尊严从来不是靠这样支撑
> 什么时候才能得人赏识实现自由

我不要什么底线和虚幻的尊严

我不要自我束缚、自我欺骗

我只要富足、安逸和快乐

为什么不先实现财务自由

然后有能力有尊严了再多行善事

自己都饿着肚皮如何周济他人

理想也需要实实在在的内容

否则就剩空空的皮囊

做人就要自由自在

老子可要先让自己富起来好实现理想

（手舞足蹈起来）

哈哈！想清楚了这些真是高兴

从此再也不被虚无捆绑

谁会知道你卑微的历史

没人在意你远大的理想

他们眼里只看得见成功的光环

我将踏上人生的坦途

壮丽的未来徐徐展开

再也不用担忧衣食之苦

哈哈，哈哈！

没想到困境得以解除

感谢老天,感谢老板,更要感谢自己!

死神:

怎么样?是不是挺有意思

人生就是这么出其不意

隐藏着不为人知的秘密

我:

没有什么

每个人都有每个人的选择

每个人的选择都值得理解

值得尊重

走吧,时间本已宝贵

别在这儿与一个不相干的人空耗时间

死神:

别急!稍安勿躁

好戏还在后头

人类真是复杂的物种

因为羞耻,会屏蔽不光彩的记忆
是不是觉得这一切如此熟悉
是否勾起你往日的回忆
你是个少见的幸运儿
早早靠取巧得到人生的第一桶金子
虽然过程并不那么光彩
这种事比比皆是倒不必挂虑
所以你当时也是心安理得还扬扬得意
你用这笔钱付了首付
有了一个属于自己的房子
虽然面积不大
但是内容可是不少啊!
有没有想起来那些香艳的回忆
菲儿、雪芮、可欣、萌萌、晓芸
这些名字是不是会唤醒你内心的记忆

我:
  这些名字我都没有印象
  说不定是你曾经交往的对象
  (死神大笑)

哪个人没有情感的波折
谁会只谈过一次恋爱从一而终
有时是我，有时是她的原因
强求在一起会有什么幸福
最后彼此相爱的才会结合
这么简单的道理我不知为何还要回应
你该不会没谈过恋爱不懂感情
哈哈！那可就有点……
哈哈，哈哈哈哈

死神：

这个，这个嘛！
被你说中了唯一的弱点
我还真不知该怎么遮掩
我确实没有这方面的经验
不过我看尽世上海沙般的聚散离合
你们那点事儿对我还真不是什么秘密
就像尽管不能抵达太阳
一样会感受它的光亮和炽热的内核
所以呢，咱们还是诚实些别玩游戏

有什么就说什么岂不更是有趣

我：
  这不算什么不光彩的事
  谁会那么幸运一见钟情
  谁不曾交往过几个女人
  真正的爱情像大浪淘沙
  可能一辈子都难以遇到
  总不能如盲人摸象
  摸到哪个就算哪个

死神：
  对对对！哪个男人不浪荡
  哪个女人不怀春
  真理也许诞生于无数次的试错
  就看你是不是个幸运儿
  能不能碰上那个生命中注定的缘分
  可是，到底能不能碰上呢？
  这之前的生命可不能就那么荒废
  不然那些游动的小蝌蚪该有多么可惜

【贰．贰】

（死神与我来到另一个房间，一个年轻的女人正在穿衣服，一个男人正躺在沙发上边抽烟边看着）

苏菲：
　　你这个月已找过我几次
　　是不是已经喜欢上我

我：
　　呵呵！我喜欢你做这个这么久
　　还这么任性，这么有激情
　　和你在一起让我无比惬意、轻松

苏菲：
　　我要去到一个陌生的城市
　　去寻找属于我的人生

我：

    真希望我们永远都在一个城市

    想见面时不必奔波百里

    别走了，就留在这里

    你情我愿多么美好

苏菲：

    那你干脆娶了我吧

    这样我们就可以天天在一起

    想干什么就干什么

    那样的日子该多惬意

我：

    你喜欢那样的日子吗？

    会不会觉得失去了自我和自由

苏菲：

    哪个女人会不喜欢幸福

    谁不愿意安定下来享受生活

    你呢？

愿意还是不愿意

我：

我觉得你过惯了自由的日子
一定不会甘心被婚姻捆住
其实婚姻并没有什么吸引
不过是履行生殖繁衍的义务

苏菲：

说得好像你根本就不想结婚一样
每次说起这个话题你都避而不谈
说东说西就是不说实质问题
这倒也毫不奇怪，因为
你本来就是那样的人

我：

我？我是什么样的人？

苏菲：

我不过和你开个玩笑

大可不必这么敏感警惕
我们就像葫芦和鱼
本不是同类
怎么可能组成家庭
对你来说不过逢场作戏
其实你是个自私的人
不算坏但有太多秘密
又想用表面的豁达隐藏本性
拜拜喽！小青年儿
就不陪你玩感情的游戏了
别忘了我
有空时咱们再聚

我：
真舍不得你就这么离去
再陪我一会儿吧
我看你还意犹未尽
快到我的身体里找出你说的"秘密"

苏菲：

    你的秘密不适合我

    你这个人太过复杂

    我也没有兴趣进入那里

    把你的甜言蜜语留给需要的人吧

    我们每次见面都可能是永别

    可能我一出门你就把我彻底忘记

我：

    怎么可能！

    我们那么激情那么和谐

    到哪里去找像你这样的妙女

    我恨不得一辈子都和你在一起

苏菲：

    咱们就别玩语言的游戏了

    彼此都坦诚点多好

    你有你的目的我有我的生活

    咱们就是两条铁轨

    可以互相看见却不会相聚

以后有缘还会再见
可别一出门就忘了我像过眼云烟
这样的生活不适合你
希望你早日找到自己的真爱
拜!
(苏菲关上门。我回身坐在沙发上不以为然)

我:
算了,还说我自私敏感复杂
永别了!亲爱的苏菲
去找你的出手豪阔的暴发户吧
最好有人用镀金的笼子把你养起
我们的缘分到此为止
余生都不会再次相聚

死神:
是不是觉得有些沮丧
被人轻易看出内心的秘密
她们见惯了各种游戏
可不容易被语言欺骗

没有真金白银都不会理你
你也一样
你叫她妹妹，她叫你哥哥
各取所需，互相防备
好在你能收转心意
没有在此过度沉沦

我：
那时的我年轻莽撞又无知
在人生留白上的一段偶遇
不过是多体验体验不同的人生
大千世界芸芸众生
都是你生命中的匆匆过客
一生中交集的人也就那么几个
她虽然没有什么触动我的心灵
但却填补了我那时的空虚寂寞
不知道她以后去了哪里
现在是不是过上她想要的生活

死神：（每一句话有一处场景的定格）

　　她的命运曲折有趣（一位披戴婚纱的新娘与新郎）

　　既出人意料又合情合理（丈夫、妻子和两个孩子在用餐）

　　不知道会不会想起你这个陌生的客人（一个葬礼，女人身穿黑衣与两个成人的孩子）

　　你要是真想知道，我倒是可以告诉你（头发花白的女人独自坐在窗前望着一轮圆月，手上拿着我写的一本书《关于爱和它所代表的一切》）

我：

　　算了！知道了又能怎样

　　痛苦、欣慰都失去意义

　　我们就是两条平行的铁轨

　　在人生最美的时候都没有期待

　　现在更是形同路人

　　我不关心她的经历

　　她也不会在意我的过往

　　各有天命何必强求

死神：

可惜啊！可惜！

真是有点可惜

如果你们在一起会是什么状况

我真想看看会塑造哪样的你

算了，既然你心意如此也不必勉强

所谓大路朝天，各走一边

泾渭分明，各自安好

强扭的瓜不甜

我：

您不会是哪个郁郁不得志的作家转世吧

怎么如此聒噪这么啰唆

死神：

哈哈！我不过是有些感叹

忍不住随性抒发一番

好了，我们走吧

去看看你生命里最重要的一篇

人生真是一场有趣的游戏

有赢家输家还有庄家
不管残缺还是圆满
无论成功还是失败
每个主演都曾自鸣得意
在你那么成功的旅途中
是不是也有难以释怀的
些许的小小的遗憾
说来听听，让我也开开眼界

【叁】

【叁.壹】

（天阴着，隐隐有雷声。我在街边拿着一枝玫瑰，焦急地等待）

年轻的我：

爱情啊！爱情！

请不要再折磨我

你是我的暖房，我的太阳

让你的光明愉悦俘获我吧

不要再把阴暗痛苦向我展示

在爱情的征途上

我已精疲力竭

快把爱的真相向我显现

她到底爱不爱我

还只是玩着追逐、拒绝的残忍游戏

我这次是动了真情

可不是逢场作戏，欲望的游戏

对谁，我都从未有过如此感受

她的每个微笑都令我刻骨铭心
每次拒绝都让人痛不欲生
难道这还不够
还要我做出多大牺牲
如果最后真能有情人终成眷属
这样的考验也是太过难受
如果她还不接受这纯真的爱情
我就要昂着头高傲地离去
离去，离去
人的一生就是为了爱情
没有爱情的生命还有什么意义
恨不得剜出我的心捧给她
看看对她的爱多么痴情，多么沉重
丘比特啊！
快拉满你的弓弦
用我的爱把她的心房射穿
美好的婚礼我已想象多次
如果破灭将坠入深渊

（响起一阵雷声，掉雨点）

晦气晦气！

怎么选了这么个天气

倘若心爱的人借口下雨

岂不是又白费了心机

不过，如果她要真的爱我

可不会在乎这点儿风雨

我为她可以赴汤蹈火

她应该也能及时赴约

可是，她最近总是犹豫

始终没有答应恋爱关系

是不是自己还不足够优秀

还是我的家庭缺乏吸引

（焦急地走来走去，用手里的玫瑰遮头，抬头看天）

哎呀！雨滴已经越来越密

亲爱的人啊！你可千万别轻易把我放弃

虽然我不是家财万贯

工作也只是一个图书编辑

但是我已能完全自立

靠自己还买了房子

虽然不大还是贷款
却是我自己的家，自己的乐园
也许会成为我俩幸福的天地
我对自己充满信心
希望未来能和你携手一起
可是，女人的心思真是难测
我已多次表白心迹
她却既不应允也未拒绝
甜蜜的爱情带着苦涩
常常在深夜把我撕裂
如果不爱我就直言放手
这样拖着让我分外难受
我又不是没人喜欢
何必空守这一根芳草
不行！
不管她现在爱不爱我
男子汉都不能临阵退缩
爱情未必一见钟情
不能就这么轻易放弃
加油！哥们儿

这是你一生的幸福

持之以恒必能将她拥有

可是……

（一个穿着连衣裙的女人走过来，背侧对着他，站在他身边）

女友：

你在看谁呢？

还不赶紧把玫瑰送过去

年轻的我：

啊？你终于来了！

我正想着自己是不是来得太早了

哈哈！

这支玫瑰等了你很久

和你的美丽多么般配

（我让玫瑰做出扯着我冲向她的样子，我使劲儿扯回来，又冲过去）

你看！你看！

它最明白该到谁的手里

快快接过去攥紧

　　别把我的胳膊扯断

　　这可是花儿自己的选择

　　咱俩想逃，也逃不掉喽！

女友：（接过玫瑰，有些高兴，有些害羞，又有些高傲）

　　哈哈！我才不信你的胡说八道

　　这种话你一定向别人说过千次百遍

　　不然怎么会如此熟练

　　刚才闺蜜还提醒过我

　　千万小心男人的甜言蜜语

　　你们的心思只在于追逐游戏

　　得到之后并不会珍惜

年轻的我：

　　你闺蜜的话虽然不无道理

　　不过却是对你的嫉妒

　　谁不希望爱与被爱

　　哪个会以叵测之心防备真情

　　爱就是爱，你当然能感受得到

何必违背内心，刻意否认

女友：
　　你总是这么自作多情
　　盲目自信
　　谁说人家和你在恋爱
　　我们只是普通的朋友

年轻的我：
　　好吧好吧！咱们只是无聊地谈情
　　还没有真正地说爱
　　我在这里向天发誓
　　总有一天会追到你
　　用我最真诚的心得到你的真爱
　　到时你就会明白
　　你是我此生唯一
　　最最重要的爱人

女友：
　　难道你还有不那么重要的爱人？

年轻的我：
　　有啊！

女友：
　　谁啊？

年轻的我：
　　你啊！

女友：
　　我？我不是你最最重要的爱人吗？
　　怎么又成了不那么重要的爱人了？

年轻的我：
　　因为无论重要不重要
　　所有的一切都是你

女友：
　　你越是说得动听就越是可疑
　　我可不想因为一时冲动而遗憾终生

年轻的我：（自言自语）
    我冲动地抓住她的手
    尚未说话便已投降
    紧抿的嘴唇传递着无法言说的挚爱
    眼睛里的雾气将她的心也洇湿
    她试着想抽回被握紧的双手
    然后就怔怔地站在那里，无辜地望着我
    有那么一瞬间
    两个人都明白，我们就是彼此注定的业障
    由爱生出，由爱终结

年轻的我：
    爱我吧！

女友：
    嗯！我知道

年轻的我：
    知道什么？

女友：

　　我——爱了

年轻的我：

　　你爱什么了？

女友：

　　不要强迫我

年轻的我：

　　你就是不敢面对自己的内心

女友：

　　你敢吗？

年轻的我：

　　我当然敢了！
　　我知道自己爱你
　　也渴望得到你内心真正的爱意

女友:
 我不知道

年轻的我:
 你只是不敢承认
 虽然一分开你就会想我

女友:
 可是那就是爱情吗?

年轻的我:
 应该不是

女友:
 那是什么?

年轻的我:
 是久经考验的朋友情谊

女友：

　　去你的，谁和你是朋友

年轻的我：

　　我是阿佛洛狄忒之子
　　你就是我生命里的弗里达，我的女神
　　我甘愿被爱的烈焰焚烧，被万刃穿身
　　也要抵达你的隐秘的内心
　　只有在那里才能找到真爱
　　才能安顿我漂泊无定的追寻

女友：

　　可是我不知道为什么总是心慌
　　总是迟疑还带着一点点的担心
　　不知道这是幸福还是陷阱
　　到底会将我的生命带往何方

年轻的我：

　　我的爱比雨燕迁徙的路程还长
　　比马里亚纳海沟还深

比珠穆朗玛峰还高
我已经做好牺牲的准备
为了得到她的爱
即使失去一些自由也在所不惜

【叁.贰】

死神：

在欲望的丛林里迷失

可能你已经辨清了方向

看着那些满载而归得意扬扬的面孔

不甘心就这么空候一场

嘿！终于一尾金鱼游向钓饵

那么性感，那么漂亮

走吧，和我去看一幕你熟悉的演出

导演是我，男主角就是你

这世界最杰出的演员

（舞台布景是在家里，我边翻着印刷出来的作品，边和妻子说着）

我：

那可能是我此生最迷恋的时刻

一直在我的梦里不停闪烁

你不知道当天我有多么丧气

新写的长篇小说耗费了多少心血

却被睁眼的"瞎子"草率拒绝

说什么"哎哟！看得出来你花费了不少心力，虽然不错但是不适合我们……"

这些无知的编辑也不知道害臊

竟将如此宝玉弃如敝屣

我自己索性印刷了百本

摆在中央公园的喷水池旁

心怀忐忑地立了块牌子

写着"被拒绝出版的作品"

五十元一本附赠作者亲签

行人纷纷驻足观看

有的拿起来随意翻翻

我的心多少有些紧张

既觉得羞愧又感到骄傲

担心这样的行为艺术被庸俗解读

终于一个老者仔细看了几页

忍不住夸赞实在是遗珠再现

他居然一下买了三本

要送给几位爱好文学的友朋
我激动地握着他的双手
知音难觅强忍着泪水
您的赞赏就是我坚持的动力
仿佛干枯的土地落下雨滴
接下来的场景出乎意料
半晌功夫就卖得只剩下两本
我正想着再多印一些
有人拿起其中的一本,问:
(女声)
"这本书写的什么?有意思吗?"
中文版的《罗密欧与朱丽叶》
"那就是悲惨的爱情了!"
凡是美好的都有那么一丝悲惨
"是你写的吗?"
她看着我的眼睛问
是我写的,这只是其中的一本
我盯着她的眼睛说
"呦!原来你是个作家啊!"
她多情地笑着

"我喜欢不那么幸福的爱情"
说着抛来意味深长的一瞥

年轻的我：
　　看来它终于遇到了知音
　　送你一本聊表寸心

情人：
　　那就谢谢大作家了
　　等我回去好好拜读
　　然后再找你聊聊我的感受

年轻的我：
　　随时恭候你的来访
　　到时候也讲讲你的故事
　　一定是又一部经典的感伤

情人：
　　我的故事哪能随便和人乱讲
　　想听的话可要付出代价

年轻的我:
  只要是你自己的故事
  什么代价我都愿付偿

情人:
  那就一言为定了,大作家
  别到时候你隐藏起来
  逃之夭夭

年轻的我:
  这棵大槐树为证
  我若负你不得好死

情人:
  哎哟! 你可真逗
  你不是牛郎
  我也不是织女
  这也不是槐树

年轻的我：
    是梧桐还是什么树

情人：
    我也不知道是什么树

年轻的我：
    看它的枝叶和树冠
    莫非这就是箭杆树

情人：
    什么是见感树？
    怎么会有这么奇怪的名字

年轻的我：
    传说中有一位可以飞翔的武士
    武艺高超从不穿铠甲
    每天拿着弓箭四处寻找
    一旦发现猎物就弯弓搭箭
    从来都是一箭双雕百发百中

这树就是他用来制作箭杆
所以就叫作箭杆树
也有人叫它爱情树

情人：
可真费解，箭杆和爱情有什么关系
为什么有这么个莫名的称谓

年轻的我：
这是因为这位伟大武士的缘故
他身经百战千战万战从未失败

情人：
我还是不明白
和这位常胜将军有什么关联

年轻的我：
因为这位武士不是别人
就是大名鼎鼎的丘比特将军

情人：

  丘比特将军

  听起来好像是个外国名字

  我们历史中好像没有这个人

  还每次都一箭双雕

  一定是你自己瞎编出来的

年轻的我：

  哈哈哈！确有其人，确有其人

  他平易近人和蔼可亲

  我们一般不叫他将军

情人：

  那叫丘—比—特

  哈哈！你真是风趣幽默

  竟然胡诌出这么个树名

  哈哈哈哈

年轻的我：

  但愿将军这次也没失手

把有缘分的人一箭穿心

情人：
　　瞎说什么
　　我可要走了

年轻的我：
　　再见
　　希望你早日医好你的"箭伤"
　　哈哈哈

情人：
　　去你的
　　也祝你早日康复！
　　哈哈

死神：
　　你们称作缘分的那个东西还真有点奇妙
　　你用它寻逐爱情
　　也用它与欲望调情

不知道你是不是有负于爱

还是……

年轻的我：

你不是知晓所有的事吗

故意来问我是何道理

死神：

黑暗中有太多的秘密

有的连我也无法知悉

（舞台上我和情人正在一张大床上缠绵）

情人：

有个问题一直困扰着我

这是我们一起的第一个情人节

以前你从未在这一天单独陪过我

我不明白为什么会这样

好像在刻意证明你们的爱情

你总说你们的婚姻美满安乐

有美丽贴心的妻子和幸福的生活

你们也从未有过一丝的动摇
这份难得的感情会陪伴你们一生
但是,亲爱的
今天你要对我发誓
告诉我你的心里话
你真的那么相信爱情,还是不得已的逢场作戏?

年轻的我:
亲爱的,你的问题也困住了我
既不能否定又难以苟同
我曾为爱付出一切
她就是我的全部世界
那种感觉美妙无比
为她牺牲千次也毫不犹豫
时间是变幻莫测的魔术师
它让很多情感变得稀释扭曲
爱情在它面前尤其如此
改头换面成了另一副样子
如果面对真实的自我
我其实对爱情略有失望

爱情意味对彼此的完全占有
这也意味着另一种自愿的奴役
慢慢成为一个看不见的囚笼
将爱的自由也紧紧捆绑
完全的拥有并不注定幸福
偶尔会令人觉得有些感伤

情人：
在你身体里有两个你
一个叫爱情，一个叫爱欲
面对爱情你渴望爱欲，在爱欲的怀抱又期待爱情
可是它们是天然的敌人
无法在一个人的心里和谐共存

年轻的我：
不要对我轻下断言
其实你也是这样，只不过现在还没有遭遇爱情
别和我说你不在意
那样的说辞太绵软无力

情人：
　　我当然希望得到真爱
　　不过应该不是现在
　　至于什么时候他来到我身边
　　那要看上天对我的安排
　　我从不强求亦不做作
　　不像某人戴着天使的面具捕猎

年轻的我：
　　哈哈哈哈，哈哈哈
　　我就喜欢你的坦诚直接
　　在婚姻里被困死的滋味你还没有尝过
　　你就是我生命中最亮丽的一抹
　　没有你就只剩下黯淡的灰色
　　为此我真心对你感谢
　　让我觉得这一生没有虚过

情人：
　　你是一个残缺分裂的人
　　你在妻子那里并不完整

在我这里更加缺残

你不用遮掩，也不用费尽心机说得婉转

你对我是另一种的爱

在未被完全满足的情欲里出生

在野性占有的喜悦里成长

在完全被满足后死亡

明知是苦酒也甘心吞咽

那一丝侥幸掺杂着些许的无耻

先享受完了再随遇而安

总之不能就这么轻易放过落在手背的蝴蝶

哪怕玩坏了它的翅膀也充其量不过是有些遗憾

别和我说你有多么地爱我

没有我你将无法幸福地存活

我们不会成为夫妻，也不会长久绑在一起

潮水来得越发猛烈，消散得也就格外飞快

我不否认也乐在其中

也曾想过长相厮守

但你既不想放手家庭又不想失去快乐

终于让我明白这一切不过是痴心妄想

妄想的刺痛格外惨剧

在悬崖边上惊醒迷梦一场
干渴的土地需要雨露
平淡的生活需要刺激
甜如蜜巢的缠绵不会成为永爱的食粮
就像狂风暴雨，不可能持续一年

年轻的我：
你的话让我无法反驳
我就喜欢你这样坦诚无邪
你知道
我们并不是及时行乐
灵与肉的碰撞不会欺骗你我
没有你我将无法完整
没有我你的生命也会留有虚空
庆幸我们彼此相遇
即使不能长相厮守
做两只朝生暮死的蜉蝣也不枉此生

情人：
哼！这种话你应该没少和妻子说过

语言的游戏治愈不了灵魂的失缺
　　我不贪恋不属于自己的一切
　　亦不苛求完全的占有
　　没有我你也会有别人
　　你不是我最终的伴侣
　　肉体对肉体没有义务
　　珍惜彼此相聚的时光
　　有限的欢愉不必换来无限的怅惘

年轻的我：
　　那喧嚣尘世的孤冷
　　隐秘长廊中的寒绝
　　所有喑哑的呼喊
　　垒成埋葬自我的华丽坟茔
　　爱情为肉体找到合法的归宿
　　仍旧难以补足心灵的残缺
　　我愿为爱献出一切
　　这是人一生都不改变的

情人：
　　你其实并不相信爱情
　　只把它当作补足人生缺憾的一个物件
　　用的时候还算珍惜
　　不需要了，抛弃时毫不在意

年轻的我：
　　不是
　　我相信爱情的绚烂
　　只是一件极美的事情难以持久
　　我每天祈祷它的永恒
　　我愿用一生与你把它守护

情人：
　　虽然我知道你说的是假话
　　可是有谁不愿意被蜜糖融化

年轻的我：
　　亲爱的，你知道我有多爱你吗？
　　在我生命里有多重要吗？

情人：

  能有多爱？我们不过就是你情我愿

  美好的感受毋庸置疑

  可是，我们终究是两只不同窝的劳燕

  只不过在彼此的怀里暂时休息

  一旦感到些许的厌倦

  早晚都要各自分飞

年轻的我：

  你的话让我有些伤感

  我对你远胜任何一种情感

  也许你会怀疑我的真诚

  老天会对我的话做出证明

  你可不是普通的过客

  是我生命里的光，生命里的盐

  没有你，人生的隧道将多么黯然无光

  没有你，生活的滋味会多么寡淡少味

  这就是我对你的真实心境

  千万别把我和那些寻欢作乐之辈等同

情人：
　　不管是谎言还是真诚
　　你的话倒是让我有些感动
　　爱情和欲望并没有多大不同
　　爱情一定基于内心的欲望
　　没有欲望的爱情是自欺欺人

年轻的我：
　　我真该感到如此庆幸
　　我们俩有爱有理解还有激情
　　这可真是上帝的恩赐
　　你让我觉得自己的人生无比完整

情人：
　　我的感觉和你一样
　　在一起的时光
　　那么美好，那么奇妙
　　如果真要你做出选择
　　在我和你妻子之间
　　你最终会选择哪个？

年轻的我：

  这是个什么奇怪的问题

  爱情是自然而然无须刻意考验

  要知道欲望具有可怕的魔力

  有时会事与愿违令人遗憾

情人：

  我只是开个拙劣的玩笑

  没有要求你一定回答

  其实答案我已知晓

  你不必否认也不用辩解

  人生苦短，欲望无限

  只要我们现在在爱的里面

  就尽情享受何必挂怀

年轻的我：

  我就是爱你豁达开放

  和你在一起毫无压力

  爱情自有它神秘的逻辑

  就让我们尽情享受当下

完全的爱将我们充满

人生至此就了无遗憾

（两个人激情相拥，脸上充满爱意，面向观众。全场灯光亮起，观众一排接着一排整齐有序地抬起头，全部戴着我妻子的面具）

年轻的我：

难道……难道她早已知晓

我竟然愚蠢地被蒙在鼓里

从头到尾她都没提出过质疑

莫非是有什么巨大的阴谋在针对着我

死神：

自以为是的聪明被暗中揭露

你是不是有点气急败坏

我知道你就会这么想她

这是遭遇责难后的人之常情

更是你为人处事的一贯作风

我并不觉得她有什么阴谋

这会不会让你更加羞愧、难堪

你若不相信人性的稀少的高贵
咱们再去看看她另一幕的演出

（夜晚，妻子独自坐在客厅的沙发上以手抚胸做痛苦状，墙上的时钟指向两点一刻，她又起身来到窗边）
妻子：
已经后半夜了
他仍旧没有回来
闹点脾气就借口不归
此时此刻一定躺在那个女人的身边
他怎么会平衡自我
爱着一个，伤害一个
窗外连绵细雨下个不停
冲刷不掉屈辱和厚厚的忧愁
我不忍将他揭穿
不敢面对情感的塌陷
莫不如让我独自承受
假装什么都没有发生
可是为什么受苦的是我
就因为自己（她抓起窗边的一个小花瓶摔向墙角，

碎裂,每摔一个就说一个词)善良,软弱,隐忍,好欺!

(又拿过两本书使劲砸到墙上,借着惯性坐倒在地呜呜地哭着)

  天啊!为什么残忍的伤害要落在无辜者的头上
  为什么好人得不到同情和报答
  为什么爱情这么不堪一击
  为什么就不能揭下他刻意的伪装
  为什么人生要遭受这样的磨难
  为什么自己要戴上荆棘的头冠
  为什么当初自己没有听从内心的指引
  为什么会接受这有欠缺的爱情
  爱将我们连在一起
  爱的问题还要爱来解答
  我也要审视自己的问题
  是不是因为没有孩子伤了他的心
  我并不是不喜欢孩子
  只是那份责任太过沉重怕担负不起
  如果是由于这个原因
  那么好吧,我会领养一个孩子
  把这一切的错漏修补完整

我会献出内心的真爱
当作自己的骨肉一般对待
我并不伟大也不坚强
唯有如此才能面对这苦痛人生的漫长

【叁.叁】

（夕阳西下，一个树林边，我的妻子和一个陌生的男人在散步，男人突然停下来，妻子也停下来）

陌生的男人：
　　你看，多么美好的夕阳
　　还有你的陪伴
　　真是让我感到自己的人生里再次焕发出新的火焰
　　我们认识多久了？

妻子：
　　十三年了
　　时间过得真快
　　那时我们还懵懂无知
　　有一次你给我带了块儿进口的巧克力
　　我却只给了你半块橡皮
　　哈哈哈多么单纯无邪

可惜天真的快乐再也不见
真是令人无比怀念

陌生的男人：
这么多年我时常记起
想不到你也没有忘记
那时的我们还不懂爱情
只知道要对彼此好
做最好的朋友

妻子：
提起往事还有些伤感
过去的就让它过去吧
无法追回

陌生的男人：
你结婚时我正在国外
既为你高兴也很是伤心
不要怪我没赶回来参加婚礼
我的祝福一直跟随着你

听说你一直没要孩子
告诉我你现在过得怎样
快不快乐，幸不幸福

妻子：
回忆虽美却短暂易逝
成年人总有成年人的烦恼
谁都没有永远的快乐
谁都会有摆脱不掉的忧愁
人生就是如此向前
酸甜苦辣，柴米油盐
日复一日，年复一年

陌生的男人：
我以为你还像以前那样快乐
看来也有难言的苦楚
对此我深感自责
这是我一生的悔恨遗憾
当初就应该留在国内陪伴着你
我们会非常幸福非常圆满

只要你现在说一句"可以"
我马上就会回到你的身边
虽然错过了最好的岁月
也无怨无悔直到永远

妻子：
再美的花儿也难逃枯萎
时光流逝难再回返
就让我们把友情珍藏于心
把回忆留作纪念
把遗憾化为祝福

我：
我怎么从没听说这个男人
她隐藏得可是真深
为什么不光明正大交往
看来一定有苟且之事
对不起我对她的一往真心

死神：

　　先别急着给出结论

　　人性都是复杂易变充满悖论

　　以己度人最是容易

　　你对妻子的了解并不充分

　　有的人在欲望面前一触即溃

　　有的人却有值得赞颂的高贵灵魂

我：

　　说真的，我能理解，甚至原谅她的出轨

　　只是因为我确实爱她

　　如果她觉得心安

　　我宁愿做个不知情的无知的人

【叁.肆】

(妻子和闺蜜坐在咖啡馆里,拿起一本杂志,翻了几页就放下,四处望着,显得心神不定)

闺蜜:
亲爱的,你怎么这么忧愁?

妻子:
没有啊!我不是一直笑得很开心吗?
哈哈哈

闺蜜:
可怜的人
不要骗我,不用强颜欢笑
你的眼神游移不定
眉头紧蹙眼神无光
手也不安地握来捏去

灿烂的笑容也掩饰不住那一丝忧愁

你现在成了一朵郁闷的昙花

刚一开放就收敛起来

到底什么困扰着你

让一颗那么快乐的心灵浸满忧伤

（妻子突然流出眼泪，赶紧擦拭，苦笑了一下，又轻声啜泣着）

妻子：

我该怎么讲述这个故事

那么可耻、羞愧还很悲伤

这么多天以为自己已经藏好

还是被你轻易看穿

你知道我一直轻易不说

一旦决定就自始而终

对待爱情尤其如此

虽然到现在还没要孩子

绝不会朝三暮四当作游戏

这么多年我都幸福自信

我们的爱情不需要任何检验

幸福的城堡越建越高（牢）
没想到最亲近的人……带来最深的伤害
我不知道他为什么移情别恋
这就像个绝妙的反转
让以往的一切都成为虚幻

以后我该怎么办
半真半假的生活无异于相互的欺骗
他就像一个迷失的孩子
抵挡不了几块糖果的诱惑
我相信他很快就会回来
相信他仍旧爱我
可是裂痕已经生成
什么才能将它愈合重生
我现在不敢去想未来的岁月
时间会为我准备好面对的一切

闺蜜：
　　他一边说着爱你一边躺在别人的怀里
　　谎言和怀疑将无限繁殖

直到最后将你们完全埋葬
这样的生活你要如何忍受
你的隐忍牺牲唤不回往昔的真情
只会让他心存侥幸肆无忌惮
我真为你的单纯固执感到难过
为了一个无心无爱的空壳
你有没有想过有多不值得

妻子：
这个问题我不是没有想过
也有人疯狂追求想得到我
我不敢说自己没有一丝摇动
只是激情过后仍旧还是苦果
你的话虽然有理却冒犯了我
也许你对我并未真正了解
爱情已经惩罚了我
难道还要让灵魂再次玷污
我不知道命运还有什么馈赠
既然选择了就要咬牙挺住
我无法说服自己用不忠报复出轨

那样的生活将充满谎言、欺骗和恨悔
　　那样的生命还有什么意义

闺蜜：
　　你真是可爱又可怜的小傻瓜
　　都什么年代了还守着贞洁不放
　　没人在乎你无私的隐忍付出
　　它只是麻醉弱者的一味毒药
　　未来还有很多快乐等你选择
　　千万别把自己逼入人生的死角
　　谁会追求生命的意义
　　没人会在意你的隐忍付出

妻子：
　　也许人们会把我当作傻瓜
　　那些事不过是茶余餐后的一点谈资
　　下一餐就没人会在意你的痛苦
　　欲望只是一时的蜜糖
　　没人会把它当作生活的食粮
　　这个世界有太多的诱惑

就是圣人也难免坠落
虽然他现在误入歧途
我知道他对我仍然有爱
我相信
离家的孩子玩累了就会迷途知返

闺蜜：
为什么压抑自己强颜欢笑
他既然不珍惜珍贵的爱情
你又何必作践自己为他着想
人生不过几十年的旅程
属于我们的青春更是稀有短暂
凭什么他就可以纵情声色
你一个人来把痛苦品尝
这个世界本就荒诞不公
善良的人总是被欺侮中伤
及时行乐才对得起自己的付出
莫等人老珠黄时光不再
到时悔之晚矣
机不可失好好把握

这个世界人人都是如此
我们不过是其中的一个
不必心存负疚羞愧难当

妻子：
　人的欲望无穷无边
　像伊甸园里的毒果那般香甜
　一旦突破爱的底线
　它将毫不留情地将我吞咽
　水蚺的腹内温暖、湿润还很安全
　但却吞噬你的是非、方向和希望
　时间是咒诅，是救赎，更是爱
　也许可以把他最终改变
　既然选择就不会后悔
　我愿意承担爱的痛苦
　这是命运对我的试炼
　惩罚并不是爱的目的
　就让它来进行最后的审判

死神：

怎么样？
不知你看了做何感想
在你心里何曾有过纯美
金钱和欲望就是你的一切
总有人显得纯情而高贵
爱人的选择是不是出乎你的意料
让你无地自容
你把人生过成一座比萨斜塔
还能承受多少罪的重压

我：

她们的对话真是令人震惊
没想到那么好的朋友却无耻地怂恿
事后见我居然若无其事，谈笑风生
口蜜腹剑的友情有什么好留恋
幸亏她当时没有屈从
承受住欲望的几重考验
我真不该以己推人胡乱猜测
既让我感到羞愧又备感安慰

死神：
　　所以她才那么想要领养孩子
　　可是你却精明算计成本太高
　　好在你的良心没有完全丧失
　　选择助养的方式一举多得
　　这也给她莫大的安慰
　　对你的期待并未完全落空

我：
　　唉！现在真是后悔莫及
　　都怪我年轻迟钝感受不到她的内心
　　我对她的爱一直未变
　　真应该生一个我们自己的孩子
　　那样她该感到多么的安慰
　　后悔！后悔！无比悔恨！
　　我是个自私的人
　　不配得到她那么多的爱
　　和宽容
　　真希望能当面对她说一句
　　"我实在配不上你对爱的付出"

死神：
  爱情令人盲目
  欲望使人沉迷
  恨是爱的逆子
  没有怨恨就难以抵达真爱
  真爱又容不得怨恨存身
  世人被爱恨两端捆绑
  在泥淖中徒劳浮沉
  可惜你们并不明白这个道理

【终章】

（残破的死亡列车在颠簸不平的窄路上穿行，旁边沸腾的岩浆不停地涌至铁轨边，远处是灰蒙蒙的残壁断垣，在操控火车的魔鬼不时回头望着我，露出瘆人的狞笑）

我：
　　终于坐上末日的列车
　　生命的感受正在远离
　　不知什么在等待着我
　　死亡的味道令人窒息
　　人生至此已无可逃避
　　以后的一切无法掌控
　　索性勇敢去坦然面对
　　反正已经过完了此生

（列车停靠，被带入一个法庭，死神高高在上，威严地坐着）

死神：
　　你已来到最终的所在
　　面临死亡最后的审判

虽然你的归宿早已注定
我还是愿意听听你真实的心声

我：

如果时间让我在命运的骰盅里重新挑选
我也许会选择截然不同的人生
回望自己这坎坷的行程
很多事情都身不由己，欲罢不能
成功夹杂着失意
失败叠加着怨愤
我已厌倦失败
厌倦左右逢源不自由地活着
普普通通的生活非我所想
高贵的生活又要付出灵魂的代价
人生的抉择总是这样两难
脆弱的人性又经不起过多考验
到底要如何取舍
说真的，我现在也没有确切答案
也许就应该甘于平庸，随遇而安

死神：

    你的坦诚打动了我

    让我对你生出些许的同情

    我见过所有的死亡

    那些欢蹦乱跳的人也不过在重复过往

    不过死亡毕竟就是死亡

    时间是你们的敌人

    不受约束神圣无情

    纵然是我也无法将其变更

我：

    我们只是普通的纵欲的人

    不是圣火的守护者

    一生都在跨越重重阻碍

    奋力向往幸福的生活

    我们的追求有错吗？

    （死神摇摇头："好像没有"）

    我们的行为有罪吗？有罪吗？

    （死神看着他："这倒是个好问题"）

    谁来判定世间的一切

良知、公义还是神灵？
　　他们的凭据是什么
　　还是只把我们当作实验的白鼠
　　满足你们裁决者的私欲

死神：
　　真是个好问题，非常非常好的问题
　　你的话让我有点儿哑口无语
　　不过我也可以坦然相告
　　无论是人世还是地狱
　　有因有果，有果有因
　　没人能逃脱设定的法则
　　即使如我也一样要遵行
　　享乐的时候你们从不会在意
　　痛苦的时候却苦苦哀求
　　随风摇摆表里不一
　　心怀侥幸无所畏惧
　　既欺骗他人也蒙蔽自己
　　浑浑噩噩终此一生
　　到了终点才恍然大悟

充满遗憾后悔莫及
在世时可都不相信什么神祇
这时却来责怪神祇的安排
殊不知这一切都是自己铸就
世界就是如此公正，又如此不公

我：
请问可畏的死神
伟大如你，是否也有些许的遗憾

死神：
呵呵，调皮的人类啊！
既想卖乖又不忘讨好
我又不是人类怎么会有那种感受
只有活着才有遗憾
既无意义又很短暂
死亡可以除灭一切
黑暗尽头只有虚无
不思不想自由自在
无是无非无喜无悲

我：

　　人生的路那么漫长

　　谁人能没有缺失没有遗憾

　　只是那些于我并不怎么重要

　　就当是长河中的几朵浪花

死神：

　　几朵浪花

　　看来遗憾还真不少

　　让我妙手玉成为你圆梦

　　来，我们看个电影吧

　　最伟大的陀思妥耶夫斯基的《罪与罚》

　　（男主角背对着，把一把短柄斧子塞在身后的腰带里，拉了拉衣服的后襟盖上，按响门铃）

我：

　　这好像是拉斯科尔尼科夫

　　正准备杀死贪婪的放高利贷的老太婆

　　（年纪明显比男主角大的女主角端着半杯红酒打开房门，望着男主角，两人侧对观众席）

我：

    咦？怎么？怎么？

    怎么男主角是我

    这个女人？

    哦，天呐！

    怎么是她！

女主角：

    亲爱的，你终于回来了

    我还以为你再也不理我了呢

男主角：

    怎么可能

    我那么爱你，怎么可能离开

    这几天只是太忙了

    有没有想我？

女主角：

    当然想得心慌

    茶饭不思

只是我有些迷惑
　　为什么那天你说要离开我

男主角：
　　我不是要离开你
　　而是要离开这样的生活
　　你看，我现在要独立要为自己的人生而奋斗
　　哪能一辈子全靠你

女主角：
　　你两辈子三辈子在我这儿都没问题
　　我是心疼你
　　怕你风吹雨打遇到挫折
　　我的钱足够我们用几辈子
　　不如好好享受
　　何苦为难自己
　　去追求前途不定的生活

男主角：
　　亲爱的，你说得太对了

这几天我其实一直在反省
人生不过也就短暂几十年
为了虚无缥缈的幻想可不值得
一旦想通了这个道理
眼前的道路就豁然开朗一片坦途

女主角：
　　太好了，太好了
　　你终于想通不再纠结
　　只要有我就会有你
　　我一定让你过上幸福的生活

男主角：
　　谢谢你没有怪罪于我
　　我有点儿饿了

女主角：
　　厨房里有我今天订的蛋糕
　　咱们俩喝一杯好好庆祝一番
　　　（女主角捧着男主角的脸使劲儿在嘴巴上亲了一

口,转身去厨房,男主角从背后掏出斧子,紧追两步举起斧头)

我:

  停停停,赶快停下(画面静止)
  怎么是我
  不可能,绝不可能
  我从来没有做过这种残忍的事

死神:

  拉斯科尔尼科夫不是用斧头杀死了阿廖娜(拿过斧头在女主角头上三个角度虚砍)
  和她无辜的妹妹丽扎韦塔?

我:

  那是他,这是我
  我……我……
  我怎么会这么残忍这么无情

死神:

    哦！是这样啊！

    原来你是个有情有义温情脉脉的大好青年

    （画面上我仍旧是男主角，正把一把带锯齿的尖刀藏在身后的腰带里，举手准备敲门）

我:

    停停停，怎么斧头换成了带锯齿的尖刀

    这么血腥暴力，这有什么分别

死神:

    哦！

    （画面上仍旧是我，正把一条细细的围巾围在脖子上，举手准备敲门）

我:

    停停停（画面定格）

死神:

    又怎么了

我:

大夏天的

我穿着T恤短裤

干吗还要围条围巾

死神:

哦,是有点奇怪

不过你自己看看就知道了

(女主角端着半杯红酒打开房门,望着男主角,两人侧对观众席,两人动作快放)

男主角:

谢谢你没有怪罪于我

我有点儿饿了

女主角:

厨房里有我今天订的蛋糕

咱们俩喝一杯好好庆祝一番

(女主角捧着他的脸使劲儿在嘴巴上亲了一口,转身去厨房,我取下围巾)

男主角:

　　我觉得你戴上它特别漂亮

　　（女主角闻了闻围巾，陶醉）

女主角:

　　你的味道令我迷醉

　　我要每天都戴着它

　　让你味道时刻在我鼻翼缭绕

　　我真是太幸运了

　　太……啊！你……呃呃……

　　（他慢慢拉紧围巾，女主角伸手慌乱地抓着脖子上的围巾，最后女主角头向后仰，画面停止）

死神:

　　哦，原来围巾变成了爱的绞索

　　真是巧妙，十分的巧妙

我:

　　可是这也太过虚假

　　她怎么可能不质疑这荒唐的做法

死神：

  也许她被爱情冲昏了头脑

  那么用铁丝呢（从兜里掏出铁丝）

  或者用绳子（从兜里掏出绳子）

  或者你有什么更好的办法

我：

  我又不是杀人犯

  怎么可能有更好的办法

死神：

  哦！原来如此

  看来你还没轻车熟路

  我来教你个不露痕迹的办法

  （男主角背对着观众，把一个小纸包揣进兜里，敲门，女主角端着酒开门，相同的对话快进）

我：

  谢谢你没有怪罪于我

  我有点儿饿了

女主角:

　　厨房里有我今天订的蛋糕

　　咱们俩喝一杯好好庆祝一番

　　(女主角放下杯子,捧着我的脸使劲儿在嘴巴上亲了一口,转身去厨房。我从兜里掏出小纸包,把里面的药粉倒进酒杯,用食指搅了搅,女主角拿着蛋糕进来,放在桌子上,我给自己倒了杯酒,又给她稍微添了一点,然后深情地吻了她的嘴三秒钟,回到座位上,举起酒杯)

我:

　　为了感谢你的原谅

　　为了我们(把"们"字说得很弱)的未来

女主角:

　　为了我们的爱情

　　干杯!

(两人举杯,我紧张地看着她一饮而尽,定格)

死神:

　　大功告成

　　那么紧张干什么

　　来,笑一笑(双手做拍照状)

　　无限美好的未来已在你眼前徐徐展开

我:

　　我从来没有杀过人

　　有什么好紧,好紧张的

死神:

　　难道你不认识她吗?

我:

　　让我冷静地想想

　　我们,应该认识

　　但是却只见过两次

死神:

　　看来这个故事可有的说了

难道你不是为她编造了历史

她既给了金钱也爱上了你

一个曾经改变你命运的女人

贪恋你的年轻和才华缠上了你

确切地说是喜欢你

为你花费了不少的金钱和情欲

开始你也尽情享受

谁不喜欢整天不用工作还有女人大宅

终于你开始厌倦寄人裙下

开始寻找所谓的自由自立和虚伪的自我

当你说已经爱上一个女人

她无法忍受你的背叛和离去

向你索要曾给予的金钱、汽车

否则就将你告上法庭让你身败名裂

让你的恋人看清你依附于她的面目

我：

可是，我……

怎么会残忍地杀死她

这一定是你安排的诡计

妄图让我陷入自我的怀疑
我现在就可以清楚地告诉你
我绝不是杀人犯
也从未做过这样的事

死神：

你的确在现实中没有杀过人
可是你敢说自己从来没想过

我：

我不知道你到底安的什么心
谁还没有过不善的念头
可能只是一时无法遏制的怒火
转眼一瞬就烟消云散
看来在你的世界连思想都要犯罪
你真有那么大的监狱装下那么多的冤魂？

死神：

问得好！质问得妙啊！
不过这只是你聪明地转移了话题

我知道，你确实没有做过
　　为了摆脱她对你的独占
　　你手段用尽想尽办法
　　刚才我给你看的所有经历
　　你自己的的确确都曾想过

我：
　　时间已经早就淡漠
　　我怎么会清晰记得
　　即使有过不愉快的经历
　　也不过是一时怨愤
　　像夜里的一场宿醉
　　早晨醒来已经完全忘记

死神：
　　虽然你最终没有实施
　　但是设想了所有的细节
　　这些你心里清清楚楚
　　岂是一句想想而已就遮掩过去
　　我不过做了回纪录片的导演

（男主角和女主角向观众鞠躬，挥手）
把你刻意忘记的真相还原而已

女主角：
我最后还是原谅了你的虚伪
毕竟你也为我付出了几年的青春
可是你不该花言巧语尽兴欺骗
我终于明白无法将你完全占有
大家各取所需，好聚好散
也不枉咱们彼此相遇的华年

我：
我又能怎样？
家境平平缺教缺爱
既无背景又没金钱
很小我就知道这样的道理
这世界就是如此弱肉强食，残酷无情
金钱代表一切，有才华没有财富只会招致嘲弄的冷眼
我经历了太多这样的时候

他们尊重的不过是你华贵的服饰

　　金钱的衣裳最容易朽坏

　　我当然懂得这些道理

　　只是，只是谁能泰然自若，安之若素？

　　至少我享受了世间的繁华

　　得到了我应有的尊严

　　（灯光圈出旁边的情人）

情人：

　　那来自灵魂深处隐秘的共鸣

　　更像是对人生崇高的冷讽

　　欲望就像巨大的蜂巢

　　贪婪的激流也无法将其填满

　　漫过之后空洞依然

　　贪欲是空虚的孪生姊妹

　　像贪吃的毒蛇终把彼此吞咽

　　我们在记忆的海沟

　　在咿咿呀呀的浅唱低吟中

　　把彼此的裂缝缝合

我：
　　我曾成为自己的背叛者
　　也不想对任何人俯首称臣
　　做不了宇宙的主人
　　就做主宰自己的荣耀王者
　　财富、权力和富有的无产者
　　冷漠地看着贫穷的我
　　我要出人头地，高人一等
　　我要爱情，也要爱情残缺的补充
　　所以才深陷困境
　　有谁能理解我身世的重负
　　内心的苦衷

　　（灯光又圈出另一边的妻子）
妻子：
　　爱情到底是什么，为什么？
　　为了爱的苦痛是否真的值得？
　　我为此困扰了整整一生
　　直至死亡也没有找到那个标准答案

我：

　　人生其实也不过如此
　　终究是一场空虚的盛宴
　　那美好的生活我已享受
　　从肉体到爱情直至灵魂
　　如此来看我已无憾
　　还有什么值得再次期盼

死神：

　　你是怎么说服自己的？
　　还是你压根儿就是这么唯利是图？

我：

　　我并不是什么十恶不赦
　　也曾助养过两个孩子
　　发自内心帮助他们
　　上大学实现人生的跃迁
　　我不求他们的回报
　　甚至不在意是否因此铭记
　　他们现在也有幸福的家庭

时常感念我当初无私的馈赠
我并不是一个唯利是图的人
也许，我只是太不爱惜自己了

死神：
恰恰相反，你只是太在乎自己
你有颗黑暗的心脏
尽管你也曾想把它点亮
下一次，下一次
下一次一定点亮
我太了解你们人类的虚伪和狡黠
但凡有一丝侥幸都不会轻易放过
我的钓钩只需一条蚯蚓
就会引来无数饥饿的嘴巴
甚至吃饱喝足的也不甘人后
你们有句"至理名言"
"有便宜不占是王八蛋"
无尽的诱惑就有无尽的幻灭
至死都不愿明白这个简单的道理
不知活着的意义和此生的价值

一生都糊里糊涂地乞求常赢永生
　　幸亏你们遇到了伟大的死神
　　会赐予灵魂安息的福地
　　一样的永生，一样的存在
　　还不用受虚伪高尚的无聊约束
　　那才是你们追求的终极乐园
　　把你们隐秘的内心完全释放
　　毫无顾忌地随心所欲，为所欲为

我：
　　你说的虽然我无限向往
　　内心却有个声音向我发出警告
　　人非动物没有灵魂和荣辱
　　也不能像树木一样冬夏不辨
　　是非善恶互相拉扯着我
　　向往光明却又不舍黑暗
　　也许这就是人性的软弱
　　为什么不从开始就黑白分明
　　善的长善，恶的永恶
　　这样的世界该有多好

免却了多少无谓的挣扎、纠缠

死神：
哈哈哈！
我倒不是笑你想得有趣儿
人往往都是不珍惜已然的拥有
得不到的那才是最好最妙
然后为自己找到种种借口
这样就心安理得向欲望投降
美其名曰"那美好的仗我已经打过"
不要再对努力过的人埋怨指责
这就是你们自欺的伎俩
最终愚弄的只是自己的灵魂
也许你们天性如此，就喜欢这样
那我也无话可说，唯有赞赏

我：
你不用说得那么刻薄
不知道你的内心是不是也有过挣扎
还是从头到尾从未改变

冷酷无情远比爱和温暖容易
对了！你是不是从未品尝过那种滋味
你的世界只有万种空虚
是不是无聊无趣又无能为力
只好折磨人类找点低级的乐趣

死神：
你的讥讽很有意思
有点儿气急败坏也有那么一丝道理
不过我可以回答你的问题
不必遮掩也无须逃避
我生于黑暗，长于黑暗
黑暗就是我的血液
是我的生命永未改变
我的使命简单神圣
就是剥夺各种色彩对你们的诱惑
现在，你已成为我的一部分
慢慢就能体会到我对你无所不在的爱
这样的生活那他娘的才叫真爽
快快来到我的怀抱

从此世界将步入永久的和平
动不动心？想不想干？

我：
伟大的死神，请原谅我的乖戾
真希望自己年轻时光被凝成琥珀
让失措的人生就此留有余光
现在只能随着遗憾沉入地下
漫长的岁月将遗骸压进沉积岩层
在岩浆的蒸汽中融入黑色的河流
这就是我最终的命运
我对这个世界最后的馈赠

死神：
好了，走吧
去到你的必去之地
那里最不缺的就是时间
到时我们再聊不迟
（我垂头丧气地跟着死神走着，还不住回头张望）
不用看了

新欢旧爱随风散去
这条路上你的同伴多如江鲫
再也不用担心孤独寂寞，没人理解

（舞台暗下来，接着，中间灯光聚焦一张床，我搂着一个女人躺在床上，突然我抖了一下，女人醒来）
女人：

又做噩梦了？

我：

原来刚才是在做梦
真是太好了

女人：

什么太好了？

我：

亲爱的，我怎么这么幸运遇到你
真是太好了！
我要把一生都交在你的手中

你可要，好好，好好地，爱——我……

女人：

嗯，我永远都爱你……

爱——你……

（说了这几句迷迷糊糊的情话，两人又睡去。死神从阴影里出来，站在窗前看着他们几秒钟，走到门边的开关那里，把手放在嘴边发出长长的"嘘"声，然后"啪"地一声关上灯）